# AI가 쓴 소설

박금산 장편소설

박금산 장편소설 # AI가 쓴 소설

아시아

# 차례

프롤로그

"대표님, 여기에 제 책도 있습니까?"

"작가님의 책이요?"

"네. 좀 민망합니다. 안 팔린 책이라."

"무슨 말씀을 하시나 했네요. 작가님의 원고로 우리 회사에서 만든 책을 말하는 건가요?"

"네."

"여기에 있는 것은 제 책입니다. 제가 모아서 진열했거든요. 작가님 책은 작가님 집에 있겠죠. 옥탑방에."

"정확히는 그렇습니다. 제가 쓴 책, 여기에 있습니까? 정렬 순서가 어떻게 되는지 알려주시면 찾아보겠습니다."

"작가님이 찾아보기는 어려울 겁니다. 삼만 종이 넘어요."

"랜덤으로 꽂았나요?"

"프로그램으로 정렬을 시켰어요."

"어떻게 말입니까?"

"비문 분량이 가장 적은 순서대로요."

"가능해요?"

"프로그램이니까. 몇 분 안 걸렸어요. 규칙이 있는 곳에서는 AI가 승자입니다."

"그런데 소설을 쓰는 AI는 왜 만드는 겁니까? 원고료 아껴서 이윤을 높일 목적도 아닌 듯한데요."

"AI를 만드는 건 소설과 관계되지만 소설을 파는 것하고는 거리가 멀어요."

"네? AI를 만들면 작가한테 인세를 지불하지 않아도 되니까 수익이 늘잖습니까. 그러려고 하는 것 아니에요?"

"소설을 팔려고 하는 게 아니라 소설을 쓸 줄 아는 AI를 팔려고 하는 거죠."

"의외네요. 그런 말씀을 하시다니."

"출판사가 작가한테 지불하는 인세는 쥐꼬리예요. 크지 않아요. 인세 감당 못 해서 출판사 망했다는 얘기는 못 들었어요. 인세를 감당하지 못할 정도로 팔린다는 것은 감당하지 못할 만큼 큰돈이 출판사로 들어온다는 얘기거든요. 어떻게 망하겠어요? 상식적으로 계산해보세요."

"인세 사기 쳐서 회사 살찌웠다는 얘기를 많이 들어서 그래요."

"악덕이라고 하죠. 소설 쪽은 거리가 멀어요."

"정말인가요?"

"그렇죠. 소설은 소설이니까."

"소설을 팔기 위해서가 아니라 AI를 팔기 위해 소설 쓰는 AI를 만든다고요?"

"그렇습니다."


소설 쓰는 인간 C와 AI를 만드는 출판사의 대표는 이런 대화를 나누었다. 대화가 오가기 전으로 돌아가보자.

완벽한 걸 상상하면 할 수 있는 게 아무것도 없어요

C는 유튜브로 소피아를 구경하고 있었다. 홍콩의 핸슨 로보틱스에서 만든 AI였다. '소피아, 왜 이름이 소피아예요?'라고 묻자 '제 이름은 지혜(소피아)에서 왔습니다.'라고 대답했다. '화성에 사람(man)을 언제 보낼 수 있을 것이라고 생각하세요?'라고 묻자 '여자(woman)를 먼저 보낸 다음에요.'라고 대답했다. '인간을 이길 수 있다고 생각하십니까?'라고 묻자 '인간과 함께 행복한 삶을 사는 것이 저의 목표입니다.'라고 대답했다. '사랑에 빠진 적 있습니까?'라고 묻자 비식비식 웃었다. 소설 쓰는 인간 C는 소피아가 사랑에 대해 질문을 받으면 '비식비식' 웃는 게 최선의 대응책이라고 프로그래밍되어 있다고 생각했다. 에스에프가 아닌 진짜 현실이었다.

소피아의 동영상이 끝났다. 연관 동영상으로 '스티브 잡스와 빌게이츠가 얼굴을 맞닥뜨리다'가 추천되었다. 클릭을 하려는 순간 스마트폰이 울렸다. 화면을 바라보았다. 출판사 대표의 개인 전화번호가 화면에 떴다. C는 왠지 모르게 돈 냄새를 느꼈다. 직원을 거치지 않고 대표가 직접 전화를 걸었다는 것이 고무적이었다. C는 기쁜 마음으로 안부 인사를 나눴다. 날씨와 미세먼지에 대해 말을 나누던 끝에 대표가 말했다.

"사실은 부탁할 것이 있어서 전화 드렸습니다."

C는 자신이 맡은 것이 돈 냄새였음을 확신했다. 대표의 입에서 나온 부탁이라는 말은 일감이라는 말과 다르지 않을 것이다. C는 자세를 낮추었다.

"어떤 부탁 말입니까? 제가 할 수 있는 거라면 기꺼이 해드려야죠."

"전화상으로는 말씀드리기가 곤란한데 회사에 좀 오실 수 있나요? 아니면 제가 가겠습니다."

C는 머리를 굴렸다. 이렇게 말했다.

"대표님은 바쁘실 테니까 제가 가겠습니다. 저는 완전 프리합니다. 언제 가서 뵈면 좋을까요?"

"고맙습니다. 오늘 오후에도 됩니까? 너무 갑작스럽죠?"

"아닙니다. 대표님만 되시면 저는 시간 괜찮습니다."

"좋습니다. 시간 빼앗는 대신 수고비를 드리겠습니다. 오후

두 시에 만날 수 있습니까?"

"가능합니다."

"좋습니다. 그때 뵙겠습니다."

"예. 알겠습니다."

통화는 그렇게 끝났다.


C는 스마트폰 화면을 손가락 끝으로 때리면서 시각을 확인했다. 오전 열한 시였다. 출판사 주소를 검색했다. 택시로 가면 삼사십 분, 지하철과 버스를 이용하면 두 시간이 걸렸다. 택시비가 없었다. 두 시까지 가려면 시간적으로 여유가 많지 않았다. 대표가 한 말은, 그러니까, 오후 두 시에 만날 수 있겠느냐는 말은 C의 상황에서 지금 당장 출발할 수 있겠느냐는 말과 다르지 않다는 생각이 들었다. 그것이 자존심을 건드렸다. 왜 멍청이처럼 오늘 당장 만나러 가겠다고 말해버렸을까? 늦은 오후로 미뤄도 됐을 텐데 왜 두 시에 가능하냐는 물음에 당연히 된다고 대답해버렸을까? 급한 일이 아닐 수도 있는데! 그런 자책을 반복하다가 부정적인 사고는 정신건강에 해롭다고 생각하면서 긍정의 마인드를 회복했다. 대표에게는 급한 일이 있는 것이고, 해결해야 하는 일이 급하면 급할수록 몸값의 최대치는 가파른 직선으로 상승하는 것이다. 그렇게 마음을 바꾸자 자존심이 살아났다. 대표의 입에서 나온 '수고비'라는 말이 '돌아올

때는 택시를 탈 수 있다'는 말로 바뀌어서 귀를 즐겁게 만들었다.

출판사의 홈페이지에 접속했다. 뜨거운 이슈가 있다면 대충이라도 알고 가는 것이 예의일 것 같았다. 홈페이지는 근간 서적 홍보물로 말끔하게 정리돼 있었다. 대부분 비문학 서적이었다. 특별히 눈에 띄는 책은 없었다.

홈페이지를 닫은 후 인터넷 검색 창에 출판사 상호와 대표의 이름을 연결해서 입력했다. 인터뷰 기사가 몇 종류 검색되었다. C는 글을 읽는 것이 귀찮았다. 동영상을 재생했다. 대표가 말했다.

"AI는 인공지능이라고, 아티피셜 인텔리전스(Artificial Intelligence)의 애브리비에이션(abbreviation)인데 정말 멋진 AI가 되려면 비인간적인 인조물을 연상시키는 인조라는 의미의 단어 아티피셜만 가지고는 안 되고 AI의 애브리비에이션을 아티스틱 인텔리전스(Artistic Intelligence)로 생각하는 습관을 가져야 되겠죠. 인공지능이라고 말하면 너무 말 잘 듣는 가전제품에 한정되는 것 같지 않습니까? 우리는 지금 소설 쓰는 AI에 대해서 이야기하고 있는데, 인간이 다른 동물과 구분되는 동물로서의 인간인 이유 중 하나는 거짓말에 있습니다. 우리는 얼마나 많은 거짓말 속에서 살아갑니까. 생명체 중에서 거짓말을 하는 존재는, 거짓말을 하면서 즐기는 존재는 인간밖에 없을걸요?

그게 소설로 발전한 거잖습니까. 동물들이 보호색을 쓴다거나 죽은 척한다거나 하는 것하고 많이 다르죠. 보호색으로 자신을 숨긴다거나 가사(假死) 상태를 위장하여 위험을 피하는 일은 인간도 하니까요. 거짓말은 아닌 것 같습니다. 진실을 말하는 거짓, 그것이 예술이잖아요. 소설은 예술, 즉, 아트잖습니까. 그래서 아티스틱이 필요합니다. 아티피셜만 가지고는 안 되는 겁니다. 아티피셜에 내추럴을 더해야 아티스틱이 되는 건데, 내추럴이 포함된 아티스틱을 컴퓨터한테 어떻게 요구할 수 있겠습니까. 음악이나 미술은 될지 몰라도, 요리나 건축은 될지 몰라도, 글자로 정신의 집을 짓는 문학은 아니죠. 생각해보세요. 어떻게 되겠습니까. 되더라도 가장 마지막 단계에서 이루어지겠죠. AI를 만들려면 가장 마지막 단계를 생각하지 않을 수 없죠. 아마 제 생애에서는 불가능할 거라고 봐요. 소설은 인간만 읽습니다. 그러니까 인간이 쓰는 거죠."

어쭈⋯⋯. 돈 버는 데에 눈이 먼 사람인 줄 알았더니 인간을 옹호할 줄 아시는 사람이군! 제법인데? C는 대표의 머릿속이 궁금했다. AI가 자연스러움을 갖추게 되면 인간 작가는 어떤 존재로 남는 것일까? 원고료에 매달리지 않아도 되니 훨씬 더 인간적이고 예술적인 작품만을 창작해내지 않을까? 배가 고픈 적 없는 AI는 굶지 않기 위해 글을 쓰는 인간 작가를 동정할 수 있을까? C는 인간만 소설을 읽는 한 소설은 인간만 쓸 수 있다는 대표의 말을 되뇌었다. 당연한 듯하면서도 새로웠다.

인터뷰가 이어졌다. 진행자가 출판의 미래에 대해 물었다. 대표가 말했다.

"미래는 우리가 알 수 없지만 예측은 조심스럽게 해볼 수 있지 않을까 합니다. 결국은 콘텐츠 싸움일 거라고 봐요. 출판은 종이책 형태를 벗어날 것이 당연하고, 지금은 있지 않은 어떤 주체가 각종 미디어를 총괄할 수 있을 텐데 그것을 미래에는 출판이라고 부를 것 같습니다. 콘텐츠를 담아서 전달하는 미디어 디바이스는 여러 베리에이션이 가능하지만 소스가 되는 콘텐츠 자체는 오로지 창작자의 삶에서 나오는 것이 아닐까요? 시인이 각광받을 것 같습니다. 한 줄로 줄일 수 있는 능력이 있어야 하거든요. 출판은 그 한 줄을 수백 수천 가지의 방식으로 변형시키는 것이 될 테죠. 적극적인 독자들은 디테일을 직접 만들어서 욕망을 채울 것이고요. 출판사는 독자를 돕는 존재가 될 것입니다. AI는 그럴 때 필요하겠죠. 작가를 돕는 존재가 아니라 독자를 돕는 존재입니다."

대표는 질문지를 미리 받아서 오래 생각해본 뒤에 대답을 하는 것 같았다. C는 동영상을 껐다. 작가를 돕는 AI가 아니라 독자를 돕는 AI라……. 확실히 소설을 쓰는 자신과 소설을 팔아먹는 대표는 머릿속 생각의 구조 자체가 다르다고 느꼈다.

대표의 생각을 다시 읽기 위해 문장으로 기술된 기사를 바라보았다. 목소리로 들을 때와 달랐다. 왠지 대표의 말에서 소설을 AI에게 내주지 않으려고 하는 순수함이 느껴졌다. 말을 글자로 바꾼 편집기자의 영혼이 그런 작용을 유발했을 수도 있었다. C는 대표가 왜 '부탁'을 하겠다는 내용으로 전화를 걸었는지 감이 잡히지 않았다. AI와 관련된 일이라면 재미있을 것 같았다. AI가 쓴 소설만 참여할 수 있는 공모전 사이트에서 수상작을 읽은 적이 있었다. 아쉬움을 많이 느꼈기 때문에 자신처럼 소설을 쓰는 인간이 개입하면 훨씬 안정적인 프로그램을 설계할 수 있지 않을까 생각했다. 그런데 도대체 어떤 방식으로 소설 쓰는 AI를 개발하는 것일까? 컴퓨터 언어를 모르는 자신으로서는 언감생심, 접근할 기회 자체가 없었다.

아티스틱 인텔리전스라는 단어가 인상적이었다. AI를 그렇게 부르니 최종 단계의 AI가 가질 수 없는 예술적 지성, 인간만 가질 수 있는 것을 영원히 가지지 못해서 폐기당하는 AI의 운명이 상상되었다. C는 '아티스틱'을 '아뤼스릭'이라고 발음하기 위해 혀를 굴렸다. 가히 예술적인 느낌이 났다. 단어를 입안에 넣고 중얼거렸다. '아뤼스릭 인텔리전스', '아뤼스릭 인텔리전스'.

C는 약속한 시각에 맞추어 대표의 집무실로 들어갔다. 대표는 C를 기다리고 있었고 도착하자 인터폰으로 차를 준비해 달

라고 누군가에게 요청했다. C는 대표의 환심을 사기 위해 인터뷰 이야기를 꺼냈다.

"AI와 관련해서 인터뷰 하신 영상 잘 보았습니다."

"감사합니다. 그런 것을 챙겨봐 주시고."

"감명 깊었습니다."

"감명이라뇨. 우리끼리 그런 말 하는 것 아니에요. 칭찬 들으려고 인터뷰한 것 아닙니다."

"그런데 대표님은 찬성이세요, 반대세요?"

"뭘요?"

"AI를 만드는 것 말입니다."

C가 말하자 대표는 미소를 띠었다. 알쏭달쏭한 표정이었다.

대표가 말했다.

"작가님께서 궁금하신 게 있으시다니 저도 궁금한 게 있습니다."

"무엇입니까?"

"혹시 말입니다⋯⋯."

대표가 말끝을 흐렸다. C가 말했다.

"괜찮습니다. 궁금하신 것 물으시면 답변 드리겠습니다."

"AI가 소설을 잘 써낸다고 한다면 작가 입장에서 자존심 상할까요?"

"글쎄요. 어떤 소설이냐에 따라 다르겠죠. 독자들이 좋아하면 되는 것 아닐까요?"

"작가 입장을 묻는 겁니다. AI가 소설을 그냥 써내는 게 아니라 잘 써낸다고 할 경우. 지금은 인간이 더 잘 쓰지만 곧 따라잡힌다고 가정했을 때 말입니다."

C는 할 말이 없었다. 대표가 알고 싶은 것은 먼 미래의 작가한테 해당되는 일이었다. 그 상황이 되었을 때 어떤 기분이 들지 묻는 것 같았다. C는 아무렇게나 말했다.

"어떤 소설이냐에 따라 다르겠죠. AI 같은 인간 작가도 있으니까."

"AI 같은 인간 작가요?"

"공식을 만들어놓고 거기에 대입하는 작가들 말입니다. 사건을 대충 바꾸고, SNS에서 검색한 정보를 조작해서 자기 고민인 듯이 쓰잖아요. 그게 쌓여서 알고리즘이 됐어요. 그게 AI 아니면 뭡니까! 기계적인 작가의 기계적인 글쓰기 방식이죠. AI에 반대한다고 말하면서 본인이 AI가 되고 있다는 것을 몰라요. 좀 아닌 것 같아요."

"대표적으로 어떤 작가가 그렇습니까?"

"대표적이라고 하니까 한 작가를 콕 찝어서 말하기가 좀……. L이 그렇지 않나요?"

"그 작가, 우리 회사에서는 책을 낸 적이 없죠. 또 예를 더 들수 있습니까?"

"S는 자기가 그렇게 창작하고 있다는 사실을 깨닫고는 절필 선언을 했죠. 새로운 것을 쓰려고 하는데 안 써져서 쿡 박히기로 했잖아요. 절필이라는 말 자체도 고리타분한 옛날 말인데, '절필'이라고 하더군요."

"S도 우리 회사에서는 책을 낸 적이 없네요. 기우일지 모르겠는데 작가님 말씀을 들으니 잘나가는 작가에 대한 질투가 느껴져서 걱정되네요."

"독자들이 걱정되잖아요. 질투는 아닙니다. 국내 작가들뿐만 아니라 외국 작가들도 마찬가지입니다. 돈이 좀 된다 싶으면 그 방향으로 길을 뚫어놓고 변형을 마구 만들어대는 거예요."

"그런 작가들은 영업팀에서 원하는 원고를 만드느라 고생이 많을 겁니다. 그런데 작가님은 대안이 있으신가요?"

"무슨 대안 말씀이십니까?"

"AI와 겨루어서 이길 수 있는 방법."

"제가 인간 중에서 일인자도 아닌데 AI와 겨루다니요. 과찬이십니다."

"인간 중에서 일인자만 AI와 겨룰 수 있다는 생각을 좀 바꿔야 하지 않을까요?"

"겨룬다는 말을 들으니까 왠지 그래야 될 것 같아서요. 체스나 바둑이 떠올라서 그랬습니다. 일인자들이 컴퓨터한테 졌죠. 예술에서는 원래 승패가 없고, 순위 경쟁이 없었는데 콘테스트가 생긴 다음 챔피언을 정하는 제도가 생기면서 이기고 지는 게임이 됐죠. AI와 겨루어서 이기고 지는 문제는 누가 판단할까요? 판정은 사람이 내릴 것 아닙니까? 시장에서 많이 팔리면 이기고 적게 팔리면 지는 건가요?"

"제가 얘기를 좀 할게요. 사람들은 이상한 버릇을 가지고 있어요. AI, 특히 우리 쪽에서는 창작하는 AI라고 해야겠죠, AI를 이야기하려고 하면 작가님처럼 완벽한 AI를 먼저 생각하는 버릇이 있어요. 아이디얼한 기계적 허상을 세워놓고 그것이 인간의 창작 능력에 못 미친다면서 까고 밟고 그럽니다. 인간은 완벽하지 않다는 걸 인정하면서 기계는 완벽하기를 원해요. 이상하죠. 있지도 않은 AI를 깔고 뭉개요. 작가님이 지금 그렇게 말했다는 뜻이 아닙니다. 사람들이 일반적으로 그런다는 거예요. 현실적으로 생각해야죠. 제가 작가님을 가르치려고 들어서 이러는 것 아닙니다. 혹시 기분 나쁘신가요?"

대표가 말을 끊었다. 얘기를 그만해야 하는 것이냐는 뜻으로 바라보았다. C는 각을 세울 목적이 전혀 없었다. 대표가 괜히 흥분하는 것 같았다. C는 더 얘기해 달라는 뜻으로 말했다.

"아닙니다. 괜찮습니다. 기분 상하지 않았습니다."

대표가 말했다.

"AI는 천차만별입니다. 출판사에서 괜찮은 AI를 만들려고 작업을 한다고 생각해봅시다. 정력적인 에디터가 무명이지만 뛰어난 작가를 발굴하려고 뛰어다니는 것처럼 출판사 오너는 출판사의 이념에 맞는 창작 주체를 만들려고 하지 않겠습니까? 저는 이렇게 생각합니다. 앞으로 살아남을 작가의 모습이란 AI와 겨루는 존재가 아니라 AI와 동료가 되는 존재라는 것이죠. 창작 파트너가 되기도 하고, 동인 형태로 소그룹을 결성하기도 하고, 다국적 연맹을 맺기도 하고……. 왜냐면 창작하는 AI는 굉장히 많은 종류로 등장할 테니까. 그것을 친숙한 것으로 받아들이면 마음이 편해질 겁니다. 완벽한 AI를 생각하는 버릇을 버리고 불완전한 AI를 마음속에 세우면 되는 겁니다. AI는 하나가 아니라 수만 개가 가능하다고 생각하셔야 해요."

"AI를 대표님이 개발하고 계시는 겁니까? 찬성인지 반대인지 아까 대답을 안 해주셨는데……."

"만약에 AI가 있다면 그렇다는 것이지 실제로 그렇다는 건 아닙니다."

"그러다가 AI가 자기 학습으로 스스로 업그레이드하게 되면 동료였던 인간 작가는 보조적인 존재로 밀려나겠죠."

"아니라니까요. 완벽한 AI를 상상하는 버릇을 버리라니까요. 완벽한 걸 상상하면 할 수 있는 게 아무것도 없어요. 업그레이드는 하나의 특징을 만들어가는 과정이지 완벽에 도달하는 과정이 아닙니다. 완벽이란 개념을 지우세요. AI는 사방팔방으로 업그레이드될 겁니다. 하나의 완벽을 향해 달려가는 게 아니에요. AI는 명사가 아니라 동사예요. 이미 만들어진 사물로서 고정된 명사가 아니라 만들어져가고 있는, 영원히 달라지고 있는 움직이는 동사인 거예요. 민주주의나 페미니즘처럼요."

"페미니즘요?"

"네. 민주주의는 안 어색한데 페미니즘은 어색한가요?"

"아닙니다."

"……."

"그렇게 생각하면 마음은 좀 편하겠네요. 완벽이 없다고 생각하면, 서로 상보하면서 독립 주체로 설 수 있겠네요."

"그럴 겁니다. 특히 예술 영역에서는 더. 예술에 완벽이란 게 어디 있겠습니까."

"그런데, 대표님?"

"네."

"저한테 부탁하실 일이 있다고 하셨잖아요. 그게 뭔지 여쭤도 좋을까요?"

"그럼요. 당연하죠. 비즈니스입니다."

"사업이에요?"

"거창한 거는 아니고요. 들어보세요. 지금부터는 대외비로 지켜주셔야 됩니다."

"알겠습니다."

대표는 차를 한 모금 마신 후 분위기를 가라앉히더니 이렇게 말했다.

"글을 읽어주면 되는 겁니다. 월급을 선불로 드릴 테니 읽고 소감을 말해주면 됩니다."

"……."

"하실지 마실지 결정해주시면 왜 제가 작가님에게 연락했는지 이유를 말하겠습니다. 괜찮습니까?"

"어떤 글을 말입니까?"

"경우에 따라 다르겠죠."

"집에서 원고만 읽으면 된다는 거죠?"

"아닙니다. 출근을 하셔야 합니다. 매일. 정해진 시각에 출근하고, 퇴근도 정해진 시각에 해야 하고요."

"매일이라고 한다면 토요일과 일요일까지요?"

"아닙니다. 주중에요. 월요일부터 금요일, 나인 투 식스."

"공무원처럼요?"

"그렇죠. 자유로운 작가님한테 출근을 하라고 하니까 어렵나요?"

"출퇴근을 해본 적이 없어서 제가 잘 지킬 수 있을지 모르겠습니다. 급여를 선불로 주신다고 하셨는데, 제가 맞게 들었습니까?"

"그렇습니다. 해보시겠어요?"

"생각할 시간을 주실 수 있나요?"

"시간을 많이 드릴 수는 없습니다. 공개적으로 진행해도 되는 일이었다면 작가 모집 공고를 냈을 겁니다. 거추장스럽지 않게 하려고 제가 작가님께 일부러 전화를 드렸습니다."

"읽기만 하고 돈을 받는다니까 민망하고 황송해서 그럽니다. 쓰는 게 일이어서 그런지 읽고 돈을 받는다는 게 정서적으로 얼른 이해가 안 가요. 왜 저한테 연락을 하셨는지도 궁금하고요. 그런 일을 할 수 있는 사람은 많을 텐데. 읽기로는 평론가들이 훨씬 더 전문적일 거고요."

"제가 왜 다른 작가가 아닌 작가님에게 연락을 했는지는 아까도 말했지만 일을 시작한 다음에 말씀드리겠습니다. 십 분 드리면 될까요? 결정하는 데에 시간을 많이 들인다고 꼭 좋은 결과가 나오는 건 아니죠. 십 분이면 되겠죠? 십 분 뒤에 오겠습니다."

대표는 집무실에서 나갔다. C에게 십 분이 주어졌다.

C는 굉장히 낯선 느낌에 빠졌다. 글을 읽고 돈을 받으라는 대표의 제안에 대해서 고민을 해야 하는데 어딘가에 자신을 녹화하는 카메라가 있고, 유리 상자에 갇혀서 어떤 결정을 내리는지 독자에게 맨몸을 보여야 하는 상황에 빠진 것 같았다. 실험용 쥐가 된 것 같은 기분이었다. 주변을 둘러보았다. 집무실 환경에 이상한 점이 없는지 찾아보았다. 평범한 집무실이었다. 왜 그랬을까? C는 대표가 입으로 'AI가 쓴 글'이라고 말하는 것

을 듣지 않았음에도 불구하고 앞으로 읽어야 하는 글이란 'AI가 쓴 글'일 것이라 생각했다.

문장을 쓰지 않고 읽기만 하면 돈을 주겠다는 것, 그것도 선불로 준다는 제안에 안 넘어갈 수가 없었다. 감사한 마음을 어디에 어떻게 표현해야 좋을지 알 수 없었다.

대표가 왜 자신을 선택했는지 궁금했다. 일을 시작하면 알려주겠다고 했으니 기다리면 될 것이다.

C는 대표를 기다렸다.

대표로부터 의뢰받는 글이란 AI가 쓴 글일 것이라고 생각한 자신의 느낌이 맞는지 틀리는지 확인하고 싶었다. 대표는 인터뷰에서 인간을 인간답게 만드는 것은 거짓말이라고 했다. 인간만 거짓말을 하고 거짓말을 즐긴다고 했다.

C는 자신의 상황에 비추어 대표의 말을 패러디했다.

인간을 인간답게 만드는 것은 거짓말이 아니라 호기심이다. 인간만 호기심을 즐긴다. 거짓말과도 관계가 깊다. 인간이 거짓말에 넘어가는 것은 호기심 때문이다. 거짓말보다 호기심이 앞선다. 호기심이 없다면 거짓말인 줄 알면서도 그 거짓말의 진위를 확인하려고 전 재산을 쏟아붓는 멍청한 짓을 하는 인간은 세상에 없을 것이다. 소설은 그런 호기심을 이용한다. 인간은 호기심이 있기에 소설을 읽는다. 와인 잔에 담긴 액체가 몸을 썩게 하는 독인 줄 알면서도 결과가 궁금해서 한 모금 혀를 적셔보는 게 인간이다. AI는 거짓말을 할 수 있지만 호기심을 가질 수 없다. 호기심을 가진 AI가 있다면 무척 귀엽겠다. 어쨌거나 나는 인간이니 돈을 벌기 위해 일을 하기로 하자. C는 고개를 끄덕였다.

일을 하기로 결정하니 마음이 편했다. 돈도 벌고 호기심도 채우는 일석이조의 행복한 우연이 자신에게 찾아왔다는 사실이 감사했다.

대표가 들어왔다.

"결정하셨습니까?"

C가 말했다.

"해보겠습니다."

"고맙습니다. 그러면 계약서를 쓰셔야겠네요."

"어떤 계약서입니까?"

"근로계약서입니다. 직장에 취직하면 쓰는 거예요. 계약 갱신 주기는 삼 개월로 하고, 급여 액수는 계약서에 적힌 대로입니다. 제가 제안할 수 있는 맥시멈입니다. 작가님에게는 미니멈에 해당할 수도 있겠지만 한 달에 그런 수입을 올릴 수 있는 작가는 많지 않지 않겠습니까? 삼 개월이라는 기간은 저희 직원들이 대부분 그렇게 하는데 형식적인 거라고 보면 됩니다. 재계약을 자유롭게 하니까요."

"……."

"직장생활을 안 해보셔서 잘 모르실 것 같으니 말씀드립니다. 회사에 소속돼서 하는 일에는 법적인 책임이 따릅니다. 여기 계약서가 있습니다. 읽어보시고 서명하시면 됩니다."

C는 정신이 멍했다. 일을 하는 것으로 결정을 내렸다고 입장을 밝혔으니 이제는 대표가 왜 자기를 선택했는지, 작가로서 자신이 가진 장점이 무엇이기에 대표가 자신을 회사로 불렀는지, 어떤 AI를 만들고 있는지, 만약 실제로 언급을 한 것은 아니지만 자신이 읽어야 하는 글이란 AI가 쓴 글일 거라는 자신의 예감이 맞는 것이라면 앞으로 AI와 어떻게 만날 수 있는지, 그런 일과 관련된 대화를 나눌 거라 예상했는데 대표는 계약을 먼저 이야기했다.

C는 계약서를 읽었다. 인쇄된 언어가 낯설었다. 급여 액수와 계약 갱신 기간과 계약 체결 날짜를 확인했다. 일의 콘텐츠를 암시하는 문장이 없었다. 노동의 조건과 책임이 나열돼 있었다. 계약서에 서명을 했다. 보안사항을 외부에 누설하지 않겠노라는 각서에 서명을 했다.

C가 말했다.

"그런데, 대표님."

"예. 말씀하세요."

"급여를 선불로 주신다는 게 너무 감사해요."

"그런가요? 특별대우를 해드리고 싶은데 저한테는 작가님한테 유리하게 해드릴 수 있는 능력이 그런 종류밖에 없어서 그랬어요."

"감사합니다."

"각서에 명시돼 있어서 유념하고 계시겠지만 확인 차 다시 말씀드립니다. 작가님이 하시는 일을 주변에 말씀하시지 않았으면 합니다."

"혹시 말씀하신 글이 AI가 쓴 글입니까?"

"하하하, 그게 무슨 말씀이신가요?"

"그냥 느낌이 좀 그래서요."

"만약 AI가 쓴 글을 읽는다고 한다면 호감도가 더 상승하겠습니까?"

"글이 어떤 것인지에 따라 다르겠죠. 어떤 글인지 봐야 알죠."

"그건 그렇죠."

"왜 저를 선택하셨습니까?"

"차차 얘기하기로 하죠. 일을 하다 보면 저절로 그런 대화를 해야 할 때가 올 겁니다."

"진짜 읽기만 하면 됩니까? 출근해서?"

"네. 저한테 소감을 얘기해주면 되는 거예요."

"그런 다음에는요?"

"다른 소설을 또 읽는 거죠."

"AI가 쓴 소설을요?"

"글쎄요. 마음대로 생각해도 됩니다. 앞으로 잘 부탁드립니다. 함께 일할 수 있게 돼서 제가 영광이에요."

"별 말씀을요. 제가 영광입니다. 열심히 해보겠습니다."

C는 대표에게 허리를 숙여 인사했다. 앞으로 할 일은 출판 가능성을 타진하는 읽기 작업이 될 것 같다고 생각했다. 출판사 입장에서 볼 때 성공 확률이라 함은 돈이 될 가능성을 말하는 것이었다. 영원히 취직이 된 것이 아니라 삼 개월을 시험적으로 출근해볼 수 있다는 계약 조건이 마음에 들었다. 삼 개월은 긴 시간이 아니었다. 급여를 선불로 받는다는 것 때문에 기분이 날아갈 것 같았다. 한 부씩 나눠 가진 계약서를 가슴에 품고 회사에서 나왔다. 자꾸만 입 밖으로 피식피식 웃음이 새어 나왔다.

집으로 돌아오는 길에 메시지가 들어왔다. 출판사에서 삼 개월치 급여를 선불로 입금했다는 내용이었다. 대표를 무한정 신뢰하기로 했다.

이 소설은 읽고 싶지 않아서
읽지 않겠습니다

첫 출근이었다.

아홉 시 전에 도착하기 위해서 여섯 시에 일어났다. 샤워를
한 후 빵을 먹었다. 물통을 가방에 넣고 나섰다. 버스에는 앉을
자리가 없었고 차 또한 많이 막혔다. 아침 일곱 시부터 도로가
막힌다는 사실이 놀라웠다. 세상은 생각보다 훨씬 일찍부터 바
삐 돌아가고 있었다.

회사에 도착하니 출근 시각인 아홉 시에 가까웠다. 겨우 지
각을 면했다. 세 시간 전에 침대에서 일어나면 충분할 줄 알았
다. 입에서 한숨이 나왔다. 앞으로 지각할 날이 많을 것 같다고
느꼈다. 편하게 출근하려면 이사를 해야 한다고 생각했다. 직
주근접이라는 부동산 용어가 몸에 와 닿았다. 직장과 주거지가

가까워야 한다. 직장이 직장다워지면 이사를 긍정적으로 생각해볼 수 있을 것이다.

대표의 집무실로 들어갔다. 대표는 일을 하고 있었다.

"대표님, 안녕하세요?"

"네. 좋은 아침입니다. 첫 출근이네요. 어떻습니까, 출근하는 기분이?"

"여섯 시에 일어났어요. 차가 없어서."

"대단하십니다. 작가님들은 늦게 자고 늦게 일어나던데. 일찍 일어나셨다니 다행입니다. 그런데 아마 차가 있어도 회사 다니시려면 대중교통이 편할 겁니다. 출퇴근 시간에는 체증이 많으니까. 저는 다섯 시에 일어나서 여덟 시에 회사에 들어옵니다."

"이른 아침에도 차로 세 시간이나 걸립니까?"

"아니죠. 새벽에 눈 뜨자마자 차 밀리기 전에 출발하죠. 근처에 와서 운동을 하고, 사우나 하고, 아침 간단하게 먹고, 그러면 여덟 시에 들어오게 됩니다."

"대단하시네요. 저는 출근이 처음이라서요."

"그래도, 안 늦었잖아요. 가시죠. 리딩 룸을 보여드리겠습니다."

대표가 자리에서 일어났다. C는 대표의 꽁무니를 따라갔다. 대표의 등을 보면서 집무실 문을 지나쳐 걸으니 맞은편에 리딩 룸 표찰이 보였다. 두 사람은 유리문을 밀고 리딩 룸 안으로 들어갔다. 리딩 룸에는 책상이 하나, 의자가 다섯 개 있었다. 책상 위에는 모니터와 마우스가 있었다. 대표가 말했다.

"작가님만 쓰실 수 있는 공간입니다. 벽을 만들어놓았으니 조용할 겁니다."

C가 말했다.

"의자가 엄청 많네요?"

"편하게 일을 보시라고요. 의자는 기능이 다 달라요. 컨디션에 따라서 앉는 느낌이 다를 겁니다. 읽기 작업이 고되잖아요."

"제가 혼자 저 의자들을 다 씁니까?"

"네. 좋은 것이라고 검증된 의자들입니다."

C는 빙그레 웃었다. 이 의자 저 의자를 눈으로 훑었다. 등받이와 팔걸이의 크기와 모양이 달랐다. 신발을 벗고 올라가서 누울 수 있는 소파도 있었다. '모심'을 받는다는 기분을 느꼈다. 급여도 선불로 주고, 의자도 다섯 개를 주고, 그러므로 지각을 좀 해도 웃으면서 용인해줄 것 같은 분위기였다. 대표가 말했다.

"글은 모니터로 읽으시면 됩니다. 종이 인쇄는 못 해드리니까요. 괜찮으시겠습니까?"

C가 말했다.

"네. 종이보다 모니터로 읽는 게 더 편합니다."

"다행입니다. 리딩 툴은 사용하기에 어렵지 않을 겁니다. 금방 적응하실 거예요. 모니터에 리딩 툴 하나만 뜰 테니까. 읽기를 완료하시면 완료 버튼을 눌러 주세요."

"네. 알겠습니다."

"소설 읽으시고 첫 대화는 오후 한 시 반에 제 사무실에서 갖겠습니다."

"네. 알겠습니다."

C가 대답을 하자 대표는 집무실로 돌아갔다.


C는 리딩 툴을 클릭했다. 단편소설 한 편이 펼쳐졌다. 오전 내내 단편소설 한 편을 읽는 것이 업무의 전부라는 사실에 감동했다. 읽는 데에 걸리는 시간은 길어야 삼십 분일 것이다. 나머지 시간에는 음악을 듣거나 책을 읽으면 된다.

가방에서 랩톱컴퓨터를 꺼내어 책상 위에 올렸다. 전원 버튼을 눌러 부팅되기를 기다렸다가 인터넷 음악 방송을 틀었다. 방송이 재생되지 않았다. 네트워크 상태를 확인했다. 연결 가능한 인터넷이 없었다.

의자를 정비했다. 높이를 키에 맞춰서 조절했다. 등받이와 팔걸이의 각도를 일하기 편하게 바꾸었다. 다섯 개를 모두 정비했다. 시각을 확인했다. 한 시간이 지났다.

소설을 읽기 위해 의자에 앉았다. 돈을 받고 소설을 읽으려니 책임 있게 읽어야 할 것 같았다. 마우스를 손에 잡았다. 마우스를 움직이면서 모니터를 바라보았다. 의자의 위치와 모니터의 각도가 맞지 않았다. 모니터를 조작했다. 아무리 바꾸어보아도 눈이 불편하고 목이 아팠다. 의자 때문인 것 같았다. 다른 의자에 앉아보았다. 마찬가지였다. 한 시간을 들여 조정한 것이 쓸모가 없었다. 어떤 의자는 팔꿈치가 불편했고 어떤 의자는 무릎이 불편했다. 소파 형 의자가 눈길을 끌었다. 드러눕고 싶었다. 피곤해지면 누워서 마우스질을 할 수 있을 것 같았다. 더 이상 편해질 수 없겠다 싶은 순간까지 의자를 조정했다.

의자에 앉아 모니터 속의 소설을 읽었다.

예상했던 대로 소설을 읽는 것은 금방 끝났다. 어려운 구석이 없었다.

처음부터 끝까지 세 번을 읽었다. 세 번을 읽은 후 시계를 보았다. 세 번이나 꼼꼼히 읽었음에도 불구하고 시간은 한 시간밖에 지나지 않았다. 돈을 이렇게 쉽게 벌어도 되는 것인지 양심의 가책이 느껴졌다.

점심시간이 되려면 한 시간이 남았다.

유리벽을 통해 대표의 집무실이 보였다. 집무실에서도 리딩룸을 관찰할 수 있는 구조였다. C는 마음이 불편했다. 소설을 읽은 후 남는 시간에 무엇을 하는지 대표가 테스트하려고 단편소설을 과제로 준 것이 아닌가 하는 생각이 들었다.

열심히 일하는 모습을 보이기로 했다. 대표와 첫 대화를 성공적으로 마치기 위해 대표에게 보고할 소감을 문장으로 적기로 했다. 회사 컴퓨터에는 리딩 툴만 있었다. 편집기가 없었다. C 는 자신의 랩톱컴퓨터에서 문서 편집기를 열고 감상을 다음과 같이 적었다.

'이 소설에는 외계인과 지구인이 사랑에 빠진다는 이야기가 나온다. 누가 여성이고 누가 남성인지 밝히지 않았다는 점이 중요하다. 지구인 여성과 외계인 남성 혹은 지구인 남성과 외계인 여성의 만남을 그렸다면 그저 그런 연애 이야기의 변형이 되었을 것이다. 그런데 성별을 언급하지 않으니 사랑의 형태가 참신하게 다가온다. 성 역할의 고정성이 현대와 달리 희미해져서 전통적인 의미의 성 구별이 사라지는 미래의 어느 시점에 대한 이야기라 할 수도 있다. 미래는 시간을 거슬러 미토콘드리아 설화 시대에 이미 있었다는 역설도 이 소설을 통해 이야기할 수 있다. (……) 소설에서 성을 밝히지 않았다는 것은 동성애에 대한 지지를 담기 위해서일 듯하다.'

감상을 적고 있으려니 소설에 있지 않은 이야기를 만들어 채워 넣음으로써 자신의 감상문을 완성하려고 하는 허위가 느껴졌다. 성 역할 운운하는 자신의 문장을 바라보면서 골똘한 생각에 빠졌다. 자신이 왜 소설에서 성 역할이라는 단어를 떠올렸는지 의문이 들었다. 사랑에 초점을 맞춰야 될 것 같은데 성에 초점을 맞추고 있다는 것이 자신의 문제점이라는 생각이 들었다. 사랑에 초점을 맞춰서 다시 읽었다. 그러자 사랑에 빠지는 계기가 불분명하다는 문제점이 발견되었다. 만났으므로 사랑했노라, 하는 식이었다. 에이, 심심한 만남이군. 이래서 내가 성 역할이라는 외형에 집중해서 읽은 것이었군. C는 혼자 생각하며 고개를 끄덕였다.

시간이 되어 대표의 집무실에 들어갔다. 대표가 말했다.
"녹음을 좀 하겠습니다. 기록을 위해서 하는 거니까 신경 쓰지 마시고 편하게 말씀하시면 됩니다."
C가 말했다.
"늘 녹음을 하나요?"
"그렇습니다. 작가님만 그러는 게 아니라 저와 하는 회의는 다 녹음이 됩니다."
"그렇군요. 방금 제가 읽은 소설은 누가 쓴 소설인가요?"
"첫 질문이 작가에 관한 것이네요? 작가는 비공개입니다."
"제가 아는 작가입니까?"
"왜요?"
"그냥요."
"첫 대화이니까 이렇게 말씀드려보면 어떨까 싶네요. 버지니아 울프의 미발표작이라고 생각하시는 것이 좋겠습니다. 아직 외국에서도 출판되지 않았는데 기념관에 가서 사진으로 찍어 와서 초벌 번역한 거라고 칩시다. 작가님이 전세계에서 처음으로 보는 원고라고 생각하시면 돼요. 유족도 모르고 전문 연구자도 그 내용을 모른다고 쳐요."

"버지니아 울프에게 미발표 유고가 있었나요? 그것도 에스에 프로?"

"사실이 그렇다는 것이 아니라, 그런 셈 치자는 것이죠. 가장 의외적인 상황을 상상해보자는 것이죠."

"아, 사실이 그렇다는 것이 아니라……."

"네. 사실이 그렇다는 것이 아닙니다."

"왜 하필이면 버지니아 울프인가요?"

"그럼 누구면 좋겠어요?"

C는 대표의 표정을 바라보았다. 왜 하필 버지니아 울프인지 물은 말에 이유가 있었던 것은 아니었다. AI는 민주주의나 페미니즘처럼 명사가 아니라 동사이다. 대표가 했던 이 말이 머릿속의 기억 장치 속에서 툭 튀어 올랐다. 생명이 있는 모든 것은 변하고 있다. 변하는 것만이 영원히 지속된다는 아포리즘이 머릿속에서 이어졌다. AI를 말하기 위해 민주주의와 페미니즘을 이야기한 것이었다. 어쩌면 페미니즘과 민주주의를 말하기 위해 AI를 꺼낸 것이 아닐까? C는 머릿속이 복잡했다.

"보르헤스나 톨스토이나 카프카나……."

"왜요?"

"일반적이지 않나요? 그런 작가를 이야기하는 게?"

"고리타분하고 가슴이 꽉 막히잖아요. 버지니아 울프의 에스에프처럼, 가정했을 때 막 에너지가 생겨나는 그런 즐거움이 없지 않나요? 보르헤스, 톨스토이, 카프카…… 중세 성벽 벽돌 같지 않아요?"

"그건 그렇습니다."

"버지니아 울프는 동사이고 보르헤스, 톨스토이, 카프카는 명사예요."

"왜요?"

"여자이고, 남자이니까."

대표가 웃으면서 말했다.

C는 갑작스러운 대화 내용 때문에 당황했다. 녹음을 한다는 말에 당황해서 습관적으로 소설을 쓴 작가가 누구냐고 물었다. 대표는 첫 질문으로 작가를 묻는다는 것에 황당해하는 표정을 지은 것 같다. C는 그렇게 생각했다. 대표가 말한 버지니아 울프의 에스에프를 머릿속으로 그렸다. 현실에서 절망했으므로 에스에프에서는 마음껏 상상을 펼칠 수 있었을 것이다. 대표가 말한 것처럼 보르헤스, 톨스토이, 카프카는 가슴이 꽉 막혔다. 이름 자체가 성이 돼 있는 인간들. 동사가 아니라 명사로 이미

고정돼 있는 과거들. 보르헤스에는 보르헤스가 되어가고 있는 보르헤스가 없다, 보르헤스가 된 보르헤스만 있다. 톨스토이에는 톨스토이가 되어가고 있는 톨스토이가 없다. 카프카에는 카프카가 되어가고 있는 카프카가 없다. 이미 굳은 그들만 있다. 마음먹고 던지면 우주 바깥으로 던질 수도 있다. C는 자신을 생각했다. '나'에는 내가 되어가고 있는 내가 있다, 이미 되어 있는 나는 없다. 그리고 '버지니아 울프'에는 움직이고 있는 버지니아 울프'들'이 있다. 버지니아 울프는 명사가 아니라 동사이다.

C는 처음의 대화로 돌아가고 싶었다. 대표에게 말했다.

"작가를 먼저 물었던 것은 실수였습니다. 작가의 성향이나 명성에 의지해서 작품을 보면 좀 지랄인데요. 저도 모르게 그만……."

"괜찮아요. 작가가 궁금하시겠죠, 당연히."

"처음이라서, 대표님이 원하시는 게 뭔지 몰라서 그랬어요."

"아닙니다. 괜찮아요. 읽은 소감을 말씀해주실 수 있어요?"

"재미있었습니다."

"부자연스러운 점은요?"

"잠깐만요."

C는 대표에게 시간을 요구한 다음 랩톱컴퓨터 화면을 열었

다. 문서 편집기로 작성해둔 감상문을 보면서 말을 시작했다.

"외계인과 지구인이 사랑에 빠진다고 돼 있는데, 낭만적입니다. 말씀드렸듯이 에스에프이고요. 누가 여성이고 누가 남성인지 밝히지 않는다는 점에서 특별한 구석이 있고요."

대표가 눈살을 찌푸리며 말했다.

"외계인이 아니라 외계존재라고 해야겠죠."

C는 엉겁결에 이렇게 대꾸했다.

"제가 실수했나요?"

대표가 말했다.

"작가님이 사용하는 외계인이라는 말은 사람 중심입니다. 외계인의 '인'이 무엇인지 생각해보세요. '사람'이잖아요. 이상하지 않나요? 외계존재가 인간의 형상을 하고 있지 않다면 외계인이라는 말에 어폐가 생기는 겁니다. 우리 상상에서 외계존재는 휴먼이 아니잖아요. 휴먼이 아닌데 에일리언 휴먼이라고 말하면 어폐이지 않습니까. 그건 그렇고 성별을 밝히지 않은 점이 특별하다고 느끼는 이유는 뭡니까?"

"사랑에 빠진다고 하면 여자 남자를 상상하게 되는데 이 소설에서는 성 구별이 나타나지 않습니다. 독자들은 궁금해할 텐데 소설의 긴장이 성별에 대한 관심에서 시작되기도 합니다. 외계인과, 죄송합니다, 외계인이 아니라 외계존재요, 외계존재와 지구인이 맨몸으로 만나고 싶어서 탈의하는 장면이 나오니까요.

결말이 그 장면을 향해 가는데 우주 어느 공간에서 몸이 닿는 순간 끝이 납니다."

"인간이 아니면 성별이 없을 수도 있죠."

"그렇습니까? 저는 이야기 구조가 단순해서 당연히 성별을······."

"하긴. 인간은 AI한테도 성별을 부여해야 한다고 착각하니까, 괜찮습니다."

C는 대화에서 완전히 밀리고 있다고 느꼈다. 대표는 인간에게 염증을 느끼는 것 같았다. AI한테도 성별을 부여해야 한다고 착각하는 인간! 그런 바보 같고 폭력적인 인간과 같은 인간으로 분류된다는 사실에서 치욕스러움을 느끼는 듯한 표정이라고, C는 과장되게 해석했다.

대표가 말했다.

"그런데 소설은 열린 결말입니까?"

C가 답했다.

"아닙니다. 파국입니다. 우주 어느 공간에서 지구에서 입고 간 우주복을 지구인이 벗고, 외계의 별에서 입고 온 우주복을 외계인이, 아, 자꾸 외계인이라고 하네요, 외계존재요, 외계존재가 벗는 순간 압력을 견디지 못한 몸들이 찢어지거든요. 소멸이 끝입니다. 열린 결말이 아니죠."

"디스토피아적인 사랑이군요."

"사랑의 끝을 그런 것이라고 그려본 것 같습니다. 찢어져서 사라지는 것! 자신의 몸과 상대의 몸이 찢어져서 소멸하는 현장을 바라보아야 하는 것이 사랑의 궁극이라는 주제가 담긴 것 같아요. 마지막으로 남은 것은 눈동자이고요. 우주의 별을 떠올리게 하죠. 눈동자라는 말이 주는 인상이. 눈동자를 남긴 나머지 육체는 모두 먼지가 되어 사라지고 눈동자만 남아서 별이 되었어요. 사랑 때문에요."

"십 점 만점에서 몇 점을 줄 수 있습니까?"

"글쎄요. 누가 썼느냐에 따라서 다를 것 같은데요."

"톨스토이가 썼다고 한다면?"

"아까는 버지니아 울프라고 치자고 말씀하시더니 이제는 톨스토이를 말씀하시네요? 중세 벽돌 같은."

"제 말의 의도에 대해 잘 반응해주셔서 감사합니다. 순수하게 읽자는 얘기입니다. 백그라운드에 구애받지 마시고 말입니다. 유명세에 끌려서 아무것도 아닌 글에서 의미를 찾으려고 노력하는 짓, 그런 것 하지 말자는 겁니다. 글을 존중하면서 백그라운드에 구애받지 말고, 소설만 놓고, 그렇게 해보자고요. 몇 점 주실 수 있나요?"

"점수를 매기는 게 익숙하지 않은데, 오 점 드리겠습니다."

"왜요?"

"오늘, 처음이라서요."

"그럼 이 소설이 열흘 후가 되면 점수가 높아지거나 낮아지나요?"

"제 논리가 그렇게 이해되나요? 모르겠습니다. 점수를 줘야 한다는 생각을 하면서 읽은 적이 없어서 그래요. 어쨌든 저는 제가 읽는 소설의 수준을 알아야 점수를 줄 수 있을 것 같습니다. 처음이라서 중간 점수를 준 겁니다."

"작가님은 상대 평가에 익숙하시구나. 다른 소설과 비교를 해야 채점이 되는 사고를 가지셨어."

"만점 기준을 어디에 어떻게 둬야 좋을지 몰라서 그럽니다."

"알았습니다. 오늘이 첫날이니까 이 정도로 대화를 마치기로 하죠. 나가셔도 됩니다."

대표는 말을 마친 후 녹음 중지 버튼을 눌렀다.

C는 랩톱컴퓨터를 닫았다.

랩톱 속에는 동성애 담론이 들어 있었다. C는 대표에게 감상문의 끝 문장을 소개하고 싶었다. 소설에서 성을 밝히지 않았다는 것은 동성애에 대한 지지를 담기 위해서일 듯하다. 그것이 끝 문장이었다.

대표가 나가기를 원하는 것 같았지만 몇 마디 덧붙이고 싶었다.

C가 말했다.

"외계인이라는 말이 틀린 것을 가르쳐주셔서 감사합니다."

"제가 작가님을 가르치려고 그런 건 아니었습니다. 그냥 그렇다는 것을 확인시켜드리고 싶었던 겁니다."

"네. 알겠습니다."

"앞으로는 랩톱 들고 오지 마세요. 힘드시게 문장 만들고 그러지 마시고. 그냥 머릿속으로만 읽으세요."

"네."

"리딩 룸에서 개인 장비 쓰는 것은 금지입니다. 회사에 오셨으니까 회사 일을 하셔야 해요."

"메모를 해야 제 머릿속도 정리가 되고, 소감을 말씀드리기 편할 것 같아서 그랬습니다."

"그럴 필요 없습니다."

"제가 알아서 하겠습니다."

"아니요. 메모하지 마시라고요."

"네?"

"메모를 하시면 그 메모를 회사에 제출해야 합니다. 그러면 번거로워지니까 메모를 하지 마시라고 말씀드리는 겁니다. 회사에서 글을 읽으면 그 읽었다는 행위 자체가 회사의 자산이 되는 겁니다. 작가님이 하실 일이 읽는 일이라서 작가님 마음대로 해도 될 것 같지만 그건 아닙니다. 저하고 나누는 대화도 마찬가지고요. 작가님은 읽기 행위를 통해서 회사의 자산을 산출한다고 생각하시면 됩니다. 회사는 보상으로 급여를 드리는 것이고요."

　대표의 태도는 고압적이었다. 품속에서 '중세의 벽돌'을 꺼내
어 찍어 누르는 듯했다. 이런 것이 회사 생활이라는 것인가! C
는 마음을 다독였다. 대표와 한자리에 있는 것이 부담스러웠다.
C는 눈으로 말했다. 앞으로 말을 잘 듣겠습니다. 그리고 입으
로 이렇게 말했다.

　"잘 알겠습니다. 메모 안 하겠습니다."

　"네. 그렇게 해주세요."

　"소감에 대한 대화는 이런 수준으로 계속하면 되는 겁니까?"

　"마음을 다해 읽어주시면 됩니다."

　"네."

　"내일부터는 리딩 룸으로 바로 출근하시면 돼요. 작가님 자리
는 거기입니다."

　"네."

　"새 소설이 전송되었을 겁니다. 퇴근 전까지 읽으시면 될 거
예요."

　"아……. 새 소설을 읽어야 합니까?"

　"당연하죠. 새로운 소설이 열릴 겁니다. 그걸 읽으시면 됩니
다."

　"언제까지요?"

　"내일 오전에 대화할 수 있도록 준비해주세요."

"예. 잘 알겠습니다. 어떤 글인가요?"

"저도 모릅니다. 툴을 클릭해보세요."

"예."

대표에게 허리를 숙여 인사를 한 후 집무실에서 나왔다.


외계존재 때문인 걸까? C는 대표의 태도가 돌변했음을 깨달았다. 외계존재를 외계인이라고 불렀다고 해서 화가 난 것 같았다. 시계를 보았다. 퇴근 시각까지 네 시간이 남아 있었다. 첫날 첫 대화였다. 대화를 나눈 것이 아니라 일방적으로 당했다는 느낌이 들었다. 대표는 쌀쌀맞았다. 일을 시키기로 한 '작가'가 생각지 못한 곳에서 역량 미달임을 드러냈다고 판단한 것 같았다. 미리 지불한 삼 개월치 급여를 환수할 계획을 세우고 있을지도 모른다. C는 소설을 가운데에 두고 대표와 대치한 상황에서 완전히 패배한 것 같아 치욕스러웠다. 버지니아 울프의 에스에프를 이야기하는 대표에게 보르헤스, 톨스토이, 카프카를 들이대다니! 최소한 에이드리언 리치 정도는 이야기를 했어야 하는 것 아닌가, 화가 났다. 왜 이제야 에이드리언 리치가 떠오른단 말인가.


C는 곰곰 생각했다. 대표의 말에 틀린 구석이 없었다. 외계존재는 번식하는 방식이 지구의 생명체와 달라서 번식을 위한 성

별이 없을 것이고, 번식을 위한 것이 아니라면 굳이 몸 안에 성별에 의해서 달라지는 특징이 없을 수 있다는 생각이 충격적이었다. 생식과 번식을 몸으로 하지 않는다면 생식기 없는 생명체가 존재할 수 있었다. 생각 자체가 충격적이라기보다 대표가 그런 생각을 가지고 있다는 것이 충격적이었다. 돈벌이에 혈안이 된 인간인 줄 알았다. 원고료를 착복하려고 AI를 만드는 인간이라는 루머가 있었다. 그런데 배울 점이 있었다.

  C는 소위 말해 작가로서 쪽팔렸다. 다른 사람이라면 몰라도 작가는 언어를 정확하게 사용해야 하는 것이 아니냐고 독자로부터 심한 질책을 받는 기분이었다. 외계인이라니! 외계와 인간을 합성한 말이었다. 외계의 생명체가 어떤 형상을 하고 있는지는 아무도 확인한 적이 없었다. 지구에 사는 인간의 모습은 아닐 것이라는 것이 상식이었다. 그랬는데 C는 양심의 가책을 느끼지 못하면서 외계인이라고 말했다. '인'은 '사람'을 직접 가리키는 것이 아니라 '종(species)'을 가리키는 기호이므로 자유롭게 쓸 수 있다고 변명한다 한들 그것은 이미 화재로 건물을 잃어버린 집터에서 시장 봐온 음식재료를 늘어놓는 것이나 마찬가지로 허망하게, 시간에 맞지 않는 말이었다. C의 머릿속에 유튜브에서 본 AI 소피아가 떠올랐다. 사우디아라비아에서 명예시민권을 부여한 것으로 유명했다. 티브이 쇼 호스트가 소피아에게 물었다. "화성에 사람(man)을 언제 보낼 수 있을 것이

라고 생각하세요?" 소피아가 대답했다. "여자(woman)를 먼저 보낸 다음에요." 그것은 영어권에서 일반적인 농담일 수 있었다. 외계인이라는 단어에서 심하게 짜증을 낸 대표와 닮은 구석이 있다고 느껴졌다.

리딩 룸에서 소설을 읽었다. 이번에는 중편소설이었다. 대표는 메모를 하지 말라고 했다. C는 이래라 저래라 하는 말에 따라야 하는 처지가 괴로웠다. 그런데 메모를 안 하니 오히려 읽기에 집중되었다.

소설의 주인공은 야구 선수였다. 야구 선수는 아이가 있는 아버지를 살해했다. 눈앞에서 아이를 죽인 후 아이의 다리를 잘라서 발목을 야구방망이 잡듯이 잡고 휘둘러 아버지를 가격했다. 아버지가 죽었다. 살해가 끝없이 꼬리를 물고 이어졌다. C는 눈살이 절로 찌푸려졌다. 대표와 나눌 대화를 생각했다. 대표는 기록을 위해 녹음을 한다고 했다. 녹음이 될 것을 생각하니 흘려 읽는 것을 마음대로 할 수 없었다. 일이니까 읽기로 하자, 라고 생각했다. 이 소설은 읽고 싶지 않아서 읽지 않겠습니다. 말할 배짱이 없었다.

피 냄새가 역겨웠다. 소설을 읽으며 시간이 지나기를 기다렸다. 소설의 마지막은 자살이었다. 묻지 마 살해를 계속하던 야구 선수는 대형 음식점 주방으로 들어갔다. 음식점은 영업을 끝낸 상태였다. 선수는 오븐 스위치를 올려 뜨겁게 데운 후 안으로 들어가 문을 닫았다. 야구 선수는 오븐 안에서 자신의 살이 타는 냄새를 맡았다. 밤이 지나가고 아침이 되었다. 주방을 점검하러 들어간 요리사가 오븐을 들여다보았다. 오븐 안에는 이상한 사람 구이가 완성돼 있었다. 그것이 소설의 끝이었다.

C는 고개를 저었다. 싫어하는 종류의 소설이었다. 대표가 그것을 왜 읽으라고 한 것인지 짜증이 났다. 짜증스럽게 마우스를 클릭했다. 읽기 완료 버튼을 눌렀다. 퇴근을 오 분 남겨둔 시각이었다. 대표에게서 인터폰이 들어왔다. 인터폰을 받았다.

"네. 대표님."

"곧 여섯 시네요. 오늘은 퇴근하시고 소감은 내일 얘기하기로 해요."

"네. 알겠습니다."

"수고하셨습니다."

대표는 말을 마친 후 인터폰을 끊었다.

C는 시각에 맞춰 퇴근했다.

쾌감이 만들어질 가능성

세계 여성의 날이라 보라색 셔츠를 입었다. 시각에 맞춰 출근했다.

인터폰이 울렸다. 수화기를 들었다.

대표가 말했다.

"어제 보낸 소설은 접어두고 새 소설을 읽으시는 게 좋겠습니다."

C가 말했다.

"예. 알겠습니다."

C는 인터폰을 끊은 후 리딩 툴을 열었다. 대표가 대화를 녹음한다는 것에 신경 쓰고, 쳐다도 보기 싫은 살인 장면을 눈 빠지게 읽으면서 소감을 말하기 위해 머리를 쥐어짰던 어제의 일이

헛고생으로 돌아가자 기분이 나빴다. 읽은 소설이 집까지 따라와 괴로웠다. 침대에 누워 거지 같은 저급 소설을 자신의 귀족 같은 고급 언어로 비판하기 위해 고민하면서 잠을 설쳤다. 버지니아 울프가 썼다고 하면 어떻게 할 것인가를 가정한 후 책장에 꽂혀 있는 버지니아 울프 전집을 바라보며 묻지 마 살해 야구 선수를 생각했다. C는 이렇게 결론지었다. 네가 버지니아 울프라 해도 나는 나야. 네 소설은 저질이야!

C는 랩톱에 썼다.

'만약 소설에서 이유 없는 살해를 그리려고 한다면 작가는 이유 없는 살해를 그리기만 할 것이 아니라 이유 없는 살해가 어떻게 해서 만들어지고 그것이 얼마나 나쁜지 말해야 한다. 그런데 작가는 이유를 찾지 않고 살해가 끝나면 다른 대상을 선택해서 다른 방식으로 살해하는 것으로 문장을 썼다. 그것이 문제이다. 문제를 풀 수 있는 열쇠는 한 가지뿐이다. 간단하고 분명하다. 야구 선수의 인생을 쓰면 되는 것이다. 소설에서 야구 선수는 그저 야구 선수라는 이름만 달고 있을 뿐 어떤 인생을 사는지가 나오지 않는다. 의미 없는 살인 잔치를 감행하다가 아무 감정도 표출하지 않은 채 스스로 오븐에 들어가 몸을 불태운다. 그것은 야구 선수 이야기가 아니라 거지 같은 폭력물일 뿐이다.'

이 소감을 대표에게 말해야 한다.

대표에게 말하려고 보니 이런 멍청한 생각을 하게 되었다.

오븐에 들어가는 행위 자체가 감정을 표현하는 것 아닐까?
폭력 서사 전체를 하나의 메타포로 이해하면 어떻게 되지?

가스 오븐에 머리를 넣고 자살한 시인 실비아 플라스를 떠올
렸다. 등골에서 땀이 흘렀다. 실비아 플라스에게는 자살을 향
해 열정적이었던 그 사람의 인생이 있었다. 만약 야구 선수에
게 실비아 플라스의 인생을 변형해서 넣어준다면 묻지 마 살해
이야기는 읽을 만한 가치가 있는 소설로 변환될 가능성이 있는
것일까? 대표에게 이 사실을 말할까 말까? 실비아 플라스 전집
을 책꽂이에서 뽑았다. 문장을 읽는 것이 버거웠다. 드로잉 북
을 펼쳤다. 여러 그림 중에서 '호기심 많은 프랑스 고양이'가
눈을 사로잡았다. 실비아 플라스의 이니셜인, S.P라고 사인이
되어 있는, 연필로 그린 고양이였다. C는 고양이의 눈동자를
보다가 눈물을 왈칵 쏟았다. 고양이는 열린 문틈으로 얼굴을
넣고 안을 들여다보는 표정이었다.

C는 실비아 플라스 생각에 아침에도 슬펐다. 그랬는데 대표
는 출근하자마자 어제 읽은 소설에 대해서는 대화할 필요가 없
음을 알려왔다.

C는 대표의 지시를 따랐다. 모니터를 보면서 새로 할당된 소설을 읽었다.

시작이 전쟁 장면이었다. 또 관심 없는 소설이군. 속으로 생각하면서 페이지를 넘겼다.

소설은 온라인 게임 줄거리를 연상케 했다. 랜덤으로 같은 팀에 속하게 된 군인들이 도시를 파괴하기 위해 진격에 나섰다. 군인들은 적이 나타나면 잔인한 방식으로 적을 죽였다. 동물, 귀신, 외계존재, 인간, 오리지널이 불분명한 하이브리드 등 종류가 다양했다.

죽음 장면은 충격적이지 않았다. C는 전날 읽었던 살인 잔치 때문에 사람을 죽이는 장면에 무뎌져 있었다. 군인들은 동료를 칭찬하다가도 갑자기 총구를 동료에게 들이대며 '네 아비 엉덩이나 ○○, 쓰레기야!'라고 윽박을 지르거나 '그렇게 총알을 쓸 거면 네 ○을 물고 무릎 꿇어 ○째야!'라고 욕을 했다. 그들에게는 언어 통제력이 없는 것 같았다. 소설은 욕 천지였다.

C는 고개를 저었다. 이런 글에 돈을 들이는 대표는 어떤 사업을 하고자 하는 것일까? C는 생각했다. 작가를 고용해서 월급을 선불로 주고 읽게 하는 데에는 이유가 있을 텐데……. C는 대표의 집무실을 바라보았다. 대표는 누군가와 통화하고 있었다. 대표는 언제나 통화를 하거나 회의를 하거나 문서를 읽었다. 아침부터 저녁까지 종일 일을 했다. C는 통화에 빠져 있는

대표를 멀거니 바라보았다.

시간이 어떻게 흘러갔고 점심을 어디에서 어떻게 때웠는지 기억나지 않았다. 시계를 보았다. 오후 세 시 무렵이었다.

전쟁 소설은 분량이 많았다. 읽는 데에 다섯 시간이 걸렸다. 완료 버튼을 누를까 말까? C는 망설였다. 읽기 완료 버튼을 누르면 대표가 인터폰으로 대화 가능한 시각을 알릴 것이다. 완료 버튼은 누르고 싶지 않았고 음악을 듣고 싶었다. 음악을 듣지 못한다면 인터넷에 접속해서 동영상을 보고 싶었다. 할 수 없기 때문에 더 하고 싶었다. C는 메모를 금지 당했고, 외부와 연결되는 인터넷은 차단된 상태였다. 누구든 유리벽 안의 공간을 바라볼 수 있었다. 리딩 룸 안에서 할 수 있는 것은 소설을 읽는 척하면서 공상을 하거나, 실제로 소설을 읽거나, 둘 중 하나였다. C는 일을 하기 싫었다. 모니터에 시선을 주고 소설을 읽는 척하면서 머리를 식히기로 했다.

잠시 후 C는 소설을 읽는 척하기 위해서 모니터를 바라보고 있었는데 실제로 소설을 읽고 있는 자신을 발견했다. 이럴 바에는 진짜로 일을 하는 게 낫겠다. C는 마음을 고쳐먹은 후 읽기 완료 버튼을 눌렀다.

대표가 대화 시각을 퇴근 삼십 분 전으로 잡았다. C는 시계를 보았다. 한 시간이 남았다. 그동안 욕지기 전쟁소설을 읽고 있거나, 읽는 척하고 있어야 했다. 시간이 아까웠다. 모니터를 들여다보았다. 소감을 만들기 위해 소설을 한 번 더 읽었다.

대표와 약속한 시각에 집무실 문을 열고 들어갔다. 대표가 녹음을 시작한다고 말했다. C는 심호흡을 크게 했다. 대표가 말했다.

"읽을 만하던가요?"

C가 말했다.

"좀…… 어려웠습니다."

"소설이요?"

"내용은 쉬운데 왜 읽어야 하는지가 말입니다. 그게 좀 어려웠습니다."

"그러셨군요. 이유가 무엇인 것 같습니까?"

"어제 읽은 묻지 마 살해 이야기에서는 전직 야구 선수라는 신분이 있어서 그나마 인간미가 있었는데 이번 장편소설에서는 주인공도 따로 없는 것 같고 팀원들이 잘 나가다가 갑자기 서로 쌍욕을 날리면서 다른 방향으로 가고…… 대화 내용을 유심히 읽어보면 국적도 다른 것 같고…… 왜 썼는지 모르겠어요. 적의 도시를 점령한 다음에는 아무런 인사도 없이 헤어지고요."

"국적이 다르다는 것은 어떻게 해서 느껴진 겁니까?"

"이디엄이 달라요."

"이디엄요?"

"관용구 말입니다. 언어의 질감이 부딪칩니다. 퍽 업 유어 파더스…… 이런 말은 우리 욕설이 아니잖아요. 염소 똥이나 먹어라, 이런 말도요."

"그러셨군요. 묻지 마 살해가 더 낫다는 겁니까?"

"그건 아니에요."

"왜요?"

"왠지 모르겠습니다. 둘 다 허전합니다. 어디를 어떻게 고치면 좋아질지 모르겠습니다."

"옥타비아 버틀러가 썼다고 한다면요?"

"『블러드 차일드』를 쓴 옥타비아 버틀러 말씀하시는 거지요? 그래도 마찬가집니다. 대가가 썼다고 해서 제 눈이 달라지지는 않아요."

"왜 그러는 걸까요?"

"쾌감이 만들어질 가능성이 없어서 그러는 것 같습니다."

대표는 말을 계속 해보라는 식으로 시간을 주었다. C는 어쩔 수 없이 녹음기를 의식하면서 말을 신중하게 골랐다.

"쾌감은 주로 윤리의 영역에서 만들어집니다. 그래서 작가들은 금기에 도전하는 것인데, 금기를 건드리는 것은 고전적인 문학의 창작 원리입니다. 아들이 아버지를 죽인다거나 어머니가 아들의 친구와 연인이 되는 이야기 같은 것은 가능하잖습니까? 어린 남자가 친구의 어머니를 마음에 품는 이야기도요. 아버지와 아들이 연적이 되고요. 그런데 아버지가 딸을 폭행하고, 아들이 어머니를 그렇게 하는 것은 말이 안 됩니다. 구역질나고 불쾌할 뿐이죠. 차이가 뭘까요? 아들이 아버지를 죽이는 이유, 아들의 친구로부터 구애 당하는 여자의 마음, 친구의 어머니한테 흔들린 남자의 마음, 그런 이유와 마음의 세부를 설득력 있게 그린다면 건강한 쾌감을 얻을 수 있습니다. 그런데 아버지가 딸을 폭행한다거나, 아들이 어머니를 그렇게 하는 것은 설득력을 얻을 수 있는 길이 제로입니다. 말을 하는 것 자체가 더럽잖아요."

"그런 아버지와 아들을 찢어 죽인다면?"

"그런 아버지와 아들이 묻지 마 살해의 대상이 되면 시원하겠군요."

"여자의 입장에서 본다면요?"

"무슨 뜻인가요?"

"작가님이 예로 드는 구조들이 모두 남성 중심 서사 아닌가요? 아들, 아버지, 딸, 어머니. 그 얘기들에서 행위의 주체들은 모두 아들, 아버지…… 아닌가요? 딸, 어머니는 당하기만 하나요?"

"죄송합니다."

"죄송할 것까지야 어디 있나요. 고전적인 문학을 원리로 설명하려고 하니까 그런 것 아니겠어요?"

"제가 많이 배우네요. 정말, 죄송합니다."

"옥타비아 버틀러를 아시던데, 읽었습니까?"

"남자가 아이를 낳는 에스에프 아니던가요?"

"저도 그렇게 기억합니다."

"어쩌면 그건 불가능이 아니라 금기일지도 몰라요. 아까 작가님께서 금기에 대한 도전을 말씀하셨는데, 작가님이 예로 든 금기라는 게 너무 알탕 쪽 금기 아닌가요? 큭큭."

"네?"

"미안합니다. 인터넷에서 본 말인데 너무 인상적이어서 잊히지 않아서 한번 써먹어 봤습니다. 알탕이라니⋯⋯."

C는 인터넷이 되는 상황이라면 재빨리 알탕이 무슨 뜻인지 검색하고 싶었다. 대표가 조롱하기 위해 악의적으로 사용하는 단어 같지는 않았다. 남자들만의 고립된 공간을 남탕이라고 부르는데 그것을 더 적극적으로 고립시키기 위해 알탕이라는 용어를 사용한다는 생각이 들었다. 나중에 인터넷이 되는 상황에서 검색해보니 추측이 맞았다.

대표가 말했다.

"재미있는 생각이 드네요. 어제 읽었던 묻지 마 살해는 주인공이 야구 선수였던가요?"

"네."

"왜 그렇게 됐죠? 야구 선수가?"

"그게 없어요. 그래서 불쾌하죠."

"그 선수가 묻지 마 살해를 행하는데 딸을 폭행한 아버지가 그 선수한테 맞아 죽으면 쾌감이 생기겠네요."

"야구 선수가 여성이어도 좋겠습니다."

"그렇죠. 가능하죠."

"저는 딸 얘기도 수정했으면 좋겠습니다. 딸을 폭행한 아버지가 아니라 딸을 폭행하려고 했던 아버지라고 하면 더 낫겠어요."

"그러면 밋밋하지 않나요?"

"그것을 밋밋하지 않게 쓰는 게 작가의 능력입니다. 의도했다거나 시도했다는 자체만으로도 충분히 문제 삼을 수 있는 게 문학이니까요. 왠지 그런 스토리를 상상하니까 힘이 나네요."

"알았습니다. 나가셔도 됩니다."

"이제 뭘 하죠?"

"뭘 하긴요? 내일 새로운 소설을 읽어야 되니까, 퇴근을 하셔야죠."

"벌써 퇴근요?"

"시간 됐습니다."

"예. 알겠습니다."

C는 대표의 집무실에서 나왔다. 문을 등지고 다섯 걸음 걸어서 리딩 룸으로 들어갔다. 시계를 보았다. 대표가 말한 대로 퇴근 시각이 돼 있었다.

우연이 아니면서도 우연인 것처럼
보이게 하는 무언가

C는 또 출근을 하자마자 소설을 열었다. 이번에는 어떤 소설일까? 기대감을 가지고 툴을 클릭했다.

시작 장면이 폭력적이었다. 남자가 여자를 폭행했다. 여자가 반격했다. 남자가 겁을 먹었다. C는 세부 묘사를 훑리면서 스토리를 파악했다. 남자는 아버지, 여자는 딸이었다. 이건 어제 대표가 얘기한 줄거리 아닌가? 딸을 폭행하려던 아버지가 묻지 마 살해에 당한다는 이야기였다. 골격이 익숙했다. C는 빠르게 읽은 후 완료 버튼을 눌렀다.

소파에 등을 기대고 쉬고 있을 때 대표가 호출했다. C는 대표의 집무실로 갔다. 대표가 녹음 버튼을 누른 후 소감을 물었다. C가 말했다.

"어제 대표님과 대화할 때 말했던 내용이 들어가 있는 것 같습니다."

"어떤 점에서요?"

"부도덕한 아버지를 묻지 마 살해범이 시원하게 찢어 죽이는 것이요."

"그건 이유가 있는 살해니까 묻지 마 살해가 아니겠네요?"

"아닙니다. 살해하는 주체가 묻지 마 살해범인데 경찰한테 잡힌 살해범이 탈출해서 도망갈 길을 찾다가 어떤 남자를 막무가내로 죽입니다. 의도된 살인이 아니에요. 그런데 알고 봤더니 과거에 딸을 폭행하려다가 딸의 반격에 겁을 먹은 남자였어요. 그 남자는 여자를 두려워하면서 살게 되죠. 복수하려고 기회를 노립니다. 우연히 남자 앞에 살해범이 나타나 충동적으로 남자의 눈을 망치로 때린 후에 갈래갈래 찢습니다."

"사이코패스 드라마?"

"세부가 없어요. 그래서 좀 어색해요. 어떤 살해범이고, 어떤 아버지이고, 어떤 딸인지가 없다는 점이 이상해요. 은행원인지, 마약쟁이인지, 정치인인지, 경찰관인지, 정신병자인지……."

"딸도 그런가요?"

"네. 그냥 딸입니다. 이름도 없는 그냥 딸이에요."

"살해범은?"

"살해범도 그냥 살해범이라고 나와요. 성별이 없어요. 좀 이상한 것 같아요. 글을 쓸 줄 모르는 어린애가 쓴 것 같은 느낌도 들고 말입니다."

"이야기는 어떤 것 같습니까?"

"이렇게 된다면 말입니다, 살해범과 아버지가 만나게 되는 계기를 우연이라고 한다고 하면, 쾌감이 느니까 말입니다, 그래도 우연이 아니라는, 흥미를 반감시키지 않으면서 그 우연이 아니면서도 우연인 것처럼 보이게 하는 무언가가 있다면 좋을 것 같습니다."

"가령 폭행범을 야구 선수 출신이라고 하고, 딸을 폭행하는 아버지를 야구팀 구단주 혹은 감독으로?"

"그러면 도식적일 것 같습니다. 쾌감이 사라집니다."

"좋은 방법이 없을까요?"

"이럴 때 저는 AI를 생각합니다. 같은 유형의 인물 구조에서 과거에는 어떤 스토리가 있었는지 말해보라고 시키고 싶어요. 신화, 설화, 소설, 영화, 만화, 신문기사, 그런 것에서 말입니다. 과거에 어떤 이야기가 있었는지 알게 되면 새로운 이야기를 만들 수 있는 힌트를 얻을 수 있으니까요."

"작가님은 AI한테 친화적이어서 좋아요. 출판사들이 연합해서 데이터를 공유하면 최소한 책으로 출간됐던 스토리를 검색하는 것은 어렵지 않겠죠. 부분적이긴 하지만 그런 모형으로 만들어진 스토리뱅크가 실제로 있고요. 그런 AI가 업그레이드

되면 이용권을 구매하실 의향이 있습니까?"

"가격이 맞으면 사고 싶네요. 남의 글을 많이 읽은 사람일수록, 자기가 쓴 글이 표절인지 아닌지 생각하다 보면 미궁에 빠지거든요. 발표하기 겁나고요."

"그런데도 발표를 하잖습니까."

"어쩔 수 없이 그러는 것입니다. 마감이 있어야 끝이 나는 게 작가들의 작업이잖아요."

"작가님이 말씀하신 표절 검사기는 시중에 많이 나와 있어요."

"그렇습니까?"

"네. 오래됐죠. 출판사에서도 사용합니다. 소송에 걸리면 복잡하니까요."

"몰랐습니다."

"괜찮습니다. 그런 것을 모른다고 해서 작가의 역량에 의심을 받는 건 아니니까요. 표절 검사기처럼 읽기전용으로 만들어진 AI는 많습니다. 아이디 카드를 스캔해서 신분을 읽어내고, 바코드에서 제품 정보를 읽는 것처럼 텍스트를 입력하면 AI가 텍스트를 읽습니다. 표절 검사기는 유료가 많지만, 번역기 같은 건 이미 접근이 무료이다시피 편해졌죠. 문학 아닌 영역에서는 많이 사용되고 있습니다. 아티클은 거의 완벽하게 번역해 냅니다. 글 쓰는 AI도 마찬가지입니다. 논리적인 글쓰기는 AI가 충분히 잘하고 있어요. 뉴스의 아나운서 멘트나 판사의 판결문 같은 글을 쓰는 AI는 곧 시중에 나올 거라고 하네요. 판사들은 판결하는 데에 쓰는 시간만큼 판결문을 작성하는 데에 시간을 쓰고 있으니까, 필요한 기계죠. 그런 글에는 감정 개입이 배제 되니까 가능할 겁니다. 글 쓰는 AI라는 표현보다 문장 생성기 라는 표현을 쓰면 현실감이 더 커지죠. 작가님도 문장 생성기 라는 말에는 별 저항감을 못 느끼실 것 같은데요?"

"그러네요. AI라는 말을 빼면 더 접근이 쉬워요. 문장 생성기. 괜찮네요. 문학적이지 않다는 뜻이 잘 드러나면서요."

"콜센터 상담원을 대체하는 채팅 봇을 생각해보세요. 웹사이 트에 상담내용을 입력하면 로봇이 대답해주고, 심야에 전화를 걸면 로봇이 나오잖아요. 지척에 그런 AI들이 있습니다."

"그럼 소설 쓰는 AI는 소설 문장 제작기라고 표현해야 좋겠네 요. 그렇게 말하니까 분위기 좀 깨는데요?"

"문학이 어렵죠. 그중에서도 소설이 어렵다고 합니다. 시 문 장 생성기는 나온 지 오래됐고요."

"정말요?"

"작가님이 저에게 오셔서 AI 같은 인간 작가가 많다고 말씀하 실 때 누가 그러느냐고 물었던 것 혹시 기억하십니까? 시 쓰는 AI, 시 문장 생성기 같은, 소설 쓰는 AI를 활용하는 작가를 알 고 있다면 만나고 싶어서 그랬습니다."

"시는 되고, 소설은 안 된다고요? 말이 안 되는데!"

"왜요?"

"시가 가장 어려우니까요. 정수니까요."

"기계라는 점을 생각하세요. 짧으면 해냅니다."

"네?"

"룰을 넣어서 문장을 빼내는 거예요. 옷감이 촘촘하면 바람이 덜 들어오는 것처럼, 룰이 많으면 많을수록 정교한 문장이 나오죠. AI는 룰에 부합하는 문장을 뱉으니까. 룰이 엉성하면 거친 글이 나오겠죠."

"그래도, 시인데……."

"채팅 봇이 사용자와 나눈 대화를 수집해서 짜깁기를 하는 방식이 사용된다고 해요. 낯선 언어를 부딪치게 해놓고 그 부딪침에서 의미를 만들어가는 시 쓰기 방식이랑 비슷한 거죠. 시인들은 그 문장에서 시가 될 만한 문장을 선별해 자기 시에 사용한다고 합니다."

"완벽한 시 쓰기 AI는 아니군요. 저는 명령을 내리면 AI가 시를 한 편 써내는 상황을 떠올렸습니다."

"또 완벽한 AI라는 미궁에 빠지시네요. 완벽한 AI가 어디에 있습니까."

"죄송해요. 습관적인가 봐요."

"작가님만 그런 건 아닐 거예요."

"완벽한 시 쓰기 AI를 만드는 건 어렵겠죠. 그런데 남의 채팅을 끌어다 짜깁기해서 시를 쓴다면 그것은 표절이지 않은가요?"

"채팅 봇하고 채팅을 한 사람이 시인 본인이니까 표절은 아니죠. 다른 사람의 채팅을 훔치면 표절이지만."

"시 쓰기가 그렇게 쉬워도 되나요?"

"그게 쉬운지 안 쉬운지는 시인만 알 겁니다. 의외로 어려울 수도 있지 않을까요? 만약 쉽다고 한다면 요즘은 쉽게 씌어진 시들의 시대라고 하면 되겠죠. 그런데 안 쉬운가 봐요. 시 쓰기 어플리케이션을 찾는 사람이 시인의 숫자를 넘기지 못하고 있다고 합니다. 시를 쓰는 사람만 시를 읽는다는 말처럼 그 어플리케이션을 사용하는 사람들은 시인밖에 없다고들 해요."

"정말입니까?"

"네."

"어떤 시인들이 그렇습니까?"

"노코멘트. 외국의 이야기입니다."

"그렇군요! 소설도 그럼 가능하겠네요."

"소설은 힘들어요."

"왜요?"

"기니까. 등장인물이 많으니까. 시는 짧아서 통제하기가 쉽지만 소설은 안 그래요. 작가님이 읽었던 세 번째 소설이 그런 거예요. 온라인 컴퓨터 게임 유저들이 나누는 채팅을 잡아다가 짜깁기한 거라고 해요. AI가 쓴 소설 중에서 읽을 만한 소설이라고…… 출판 의뢰가 들어온 원고입니다."

"AI가 진짜로 소설을 쓰나요?"

"네. 그렇다고 하니 믿어야죠."

"누가 만든 AI입니까?"

"사람을 만난 적은 없습니다. 이메일로 접수된 원고입니다. AI로 쓴 소설인데, 원고를 책으로 출판하기로 결정해야 본인이 누구인지 밝히겠다고 이메일에 써 있었죠. 책을 내줄 테니 오라고 답장을 보낸다면 관계자가 나타나겠죠."

"그런 사연이 있는 줄 상상도 못했습니다. 소설 내용이 별로라서 대충 읽었는데, AI가 썼다고 하니 다시 생각을 해봐야겠습니다. 자세히 기억이 안 나는데, 군인들이 적의 도시를 접수하는 소설이었죠? 채팅을 잡아와서 짜깁기했다니까 이해가 갑니다. 그래서 주인공들끼리 나누는 대화가 이상했던 거군요? 줄거리는 쉬웠는데 말입니다."

"……."

"제가 그 소설을 다시 꼼꼼히 읽어볼까요?"

"아닙니다. 분위기를 아셨으니까 됐습니다."

"출판을 해도 좋지 않을까요? AI가 썼다고 하면 관심을 끌 테니까요. 서둘러도 좋을 것 같은데. 저라면 그런 책 사서 보겠습니다."

"작가님 같은 사람이 많지는 않아요. 관심을 끄는 것하고 판매가 되는 것하고는 다릅니다. 책 시장은 그런 곳이에요. 일단 알았습니다. 나가셔도 좋습니다."

대표가 말을 마쳤다.

C는 AI에 대해, 군인이 적의 도시를 접수하는 소설에 대해 더 대화하고 싶었다. 파일은 컴퓨터에 있으니 읽으면 될 것이고, 이메일로 접수되었다 하니 메일 내용이 어떠했는지 상황을 더 자세히 듣고 싶었다. C가 물었다.

"회사 이메일로 투고된 것인가요?"

"제 개인 메일로 왔죠."

"닉네임으로 보냈겠죠?"

"그렇죠. 미안합니다. 저는 더 대화할 시간이 없네요. 미팅을 준비해야 합니다. 새로 소설을 배당해드렸으니 읽어주세요. 대화 마칩니다."

대표가 말했다.

C는 자리에서 물러났다.

궁금증이 일었다. 빨리 군인이 적의 도시를 접수하는 소설을 다시 읽고 싶었다. AI가 썼다는 말을 듣고 나니 소설에서 장면 전환이 어떻게 이루어지는지 궁금했고, 기계가 쓴 문장에는 어떤 인간 같지 않은 느낌이 드는지 세부를 살피고 싶었다.

C는 리딩 룸으로 들어갔다.

AI가 썼다는 소설을 다시 읽기 위해 툴을 클릭했다.

설정해놓은 읽기 모드로 진입했다. 툴이 소설 파일을 끌고 와야 정상인데 파일 제목이 하나도 없었다. 텅 비어 있었다. C는 툴의 여기저기를 클릭했다. 읽기를 끝낸 후 대표와 대화를 완료한 소설은 툴에 남아 있지 않았다. 아하. 이렇구나! 몰랐던 게 너무 많구나. 읽기 완료 버튼을 누르면 데이터 팀에서 소설을 다시 빨아가는 것이구나! 모니터 속의 툴에는 앞으로 읽어야 할 소설만 머무를 수 있다는 사실이 머릿속에 각인되었다. 그렇다면 지나간 소설을 다시 읽으려면 대표에게 요청을 해야 한다고 생각했다.

툴을 뒤적거리다보니 변화가 나타났다. 소설 파일이 하나 들어왔다. 새로 읽어야 하는 소설인 것 같았다. 대표에게 인터폰으로 확인할 필요가 없었다. 시스템상 그것은 새로 읽어야 하는 과제임이 분명했다. 파일을 열었다. 전에 본 적 없는 소설이었다.

손에서 마우스를 놓았다. 대표에게 인터폰을 걸었다.

"대표님, 저, 세 번째 소설 다시 읽어볼 수 있을까요?"

"어떤 소설요?"

"AI가 썼다고 하신 소설 말입니다."

"왜요?"

"궁금해서요."

"이미 읽으셨잖아요."

"다시 읽고 싶어서 그럽니다."

"됐습니다. 작가님은 읽어야 할 게 많아요. 새로운 소설이 들어갔으니 그걸 읽으시기 바랍니다."

"파일 주시면 퇴근 후 집에 가서 읽겠습니다. 업무에 방해되지 않도록 하겠습니다."

"그럴 필요 없습니다."

"개인적으로 궁금해서 그럽니다."

"인터넷 뒤져 보세요. AI가 쓴 소설이라고 나도는 것들이 있을 겁니다."

"저도 전에 검색한 적 있습니다. 그런 건 진짜로 AI가 썼는지 사람이 써놓고 그러는지 알 수가 없잖습니까."

"AI가 썼다는 말을 믿을지 말지, 그건 작가님 개인 문제로 보이네요. 어쨌든 일 하시기 바랍니다."

대표는 매정하게 인터폰을 끊었다.


C는 어쩔 수 없이 새로 배당된 소설을 읽었다. 이번에도 야구 선수가 사람을 죽이는 이야기였다. 작가는 '일단 죽여놓고 시작하라.'라는 작법을 충실히 이행하고 있는 것 같았다. '소설

이 시작되고, 일 분 안에 살인이 감지되지 않으면 독자는 책을 덮는다.'라는 강박에 걸린 것 같았다. 야구 선수가 사람을 죽이고 다녔다. 이번에는 배경이 바다였다. 혼자 여행을 간 야구 선수가 크루즈 배 안에서 사람을 죽였다. 배가 어떤 항로로 항해를 하는지, 몇 톤 규모인지, 객실과 연회장이 몇 개인지, 사람이 몇 명 탔는지, 그런 정보는 나오지 않았다. 야구 선수가 객실, 연회장, 갑판, 전망대 등지에서 살인을 저질렀다. 야구 선수는 살인을 할 때마다 방법을 바꾸었다. '어떤 장면이 가장 독특한 죽음인지 독자 여러분께서는 그것을 판단하시오.'라고 주문하는 소설인 듯했다.

C는 출근해서 처음으로 배당받은 후 '사랑'에 집중해서 읽었던 단편소설을 떠올렸다. 지금까지 읽은 소설 중에서 죽음이 가장 적은 분량으로 나오는 소설이었다. 주인공들이 상대의 맨살을 확인하기 위해 우주복을 벗는 순간 살이 찢어져서 모든 육체가 사라지는 장면을 읽었을 때 C는 작가가 사랑의 결과에 의한 소멸의 현장을 매력적으로 묘사한 것이라 생각했다. 그런데 살인과 욕설에 파묻힌 독서에 질리다보니 그 소설 역시 '사랑의 의미'에 대해 쓴 것이 아니라 '비참하고 그로테스크하게 사람이 죽는 장면'을 연출해서 쓴 것일 뿐이라는 쪽으로 생각이 바뀌었다.

C는 읽기가 끝났으나 완료 버튼을 누르지 않았다. 버튼을 누

르면 대표가 인터폰으로 대화 가능 시각을 알려올 것이고, 시각을 통보 받으면 소감을 정리하기 위해 소설을 다시 들여다보아야 할 것이므로 짜증나고 귀찮았다. 퇴근하고 집에 가서 내 소설을 쓰자! C는 피로에 지친 몸을 새로운 소설을 생각하면서 달랬다.

집에 도착하니 씻을 힘이 없었다. 오 분만 쉬기로 했다. 침대에 누웠다. 아득하게 깊은 잠 속으로 빨려 들어갔다. 진한 먹물처럼 깊은 잠이었다. 밤이 지나갔다. 새벽 여섯 시에 알람이 울렸다. 눈을 뜨고 시계를 보았다. 출근을 준비해야 하는 여섯 시였다. 배가 고팠다. 전날 저녁밥을 안 먹었기에 배가 더 고팠다. 식은 밥을 고추장에 비벼서 입에 떠 넣었다. 허기를 해결하고 나니 다시 잠이 왔다. 벽에 머리를 박으면서 반성했다. "이러면 루저가 되는 거야! 정신 차려!" 입 바깥으로 혼잣말을 뱉어내었다. 어리숙하게 지각을 하지는 말자. 일단 출근을 해야 해. 축 처지는 몸을 추슬러 세수를 하고 옷을 갈아입었다. 출근길 버스 안에서 랩톱컴퓨터를 켜고 소설을 쓰는 자신을 상상했다. 루저가 되는 것을 막으려면 그래야 했다.

버스에서 랩톱컴퓨터를 켜고 소설을 쓰려 했는데 잠에 밀렸다. 회사 앞 정류장에서 버스가 정차했을 때 눈을 떴다. 내리는 사람이 많아서 차가 오래 멈춘 것이었다. 그렇지 않았다면 종점까지 갔을 판이었다. 부랴부랴 랩톱을 챙겨서 버스에서 내렸다.

읽기 툴에는 새로운 소설이 배당돼 있었다. 세 번째 소설 다시 한번 읽게 해주세요. C는 대표를 조르고 싶었다. AI가 썼다는 말을 듣지 않았으면 안 그랬을 텐데 AI가 썼다는 말을 들은 이상 다시 안 읽고는 한순간도 버티기 힘들 것 같았다. C는 소설을 읽을 당시 AI가 썼다는 느낌을 눈치채지 못했던 자신의 능력이 하찮아 보였다. 그렇다면 AI가 소설가의 흉내를 거의 다 내고 있다는 뜻이었다. 작가의 눈에 그것이 걸려들지 않았다면 그만큼 AI는 창작적으로 진화한 것이었다. 군인이 적의 도시를 접수하는 소설은 대표의 개인 이메일 속에 원본이 있다고 했다.

대표를 조르기 위해 일을 빠르게 처리하기로 했다. 새로 배당된 소설을 읽고 소감을 완벽하게 보고해야 그 소설 다시 한 번 읽게 해주세요, 라고 운을 떼어볼 수 있을 것이다.

C는 새로 배당된 소설을 펼쳤다. 또! 빌어먹을! 사람을 죽이는 소설이었다. 사이코패스가 군대에서 생화학무기 폭탄을 훔쳐서 도시에서 터뜨렸다. 폭탄을 터뜨려놓고 폭탄에 의해 죽는 사람을 하나하나 그렸다. 죽음의 나열이었다. 스토리는 앞뒤를 바꾸어 아무렇게나 뒤섞어도 달라질 것이 없었다. 죽음은 폭탄

하고만 연결돼 있었다. 죽음들끼리는 연결되는 고리가 없었다.

갑자기 정신이 황폐해지는 느낌이었다.

하루 종일 사람이 죽는 소설을 읽다가 퇴근 시간을 맞았다.

퇴근을 준비하는데 전날 잠으로 보내버린 퇴근 이후의 시간이 아까워서 짜증이 일었다. 집에 돌아가면 또 그렇게 될 것 같아 불안했다. 그렇게 된다면 깨어 있는 모든 시간에는 회사에 얽매어 회사의 일만 하는 셈이다. 이런 게 진정한 회사원의 삶이라는 것인가! C는 이것도 싫고 저것도 싫었다. 어쨌든 퇴근을 하자. 가방을 챙겼다. 내일은 아무렇게나 읽고 아무렇게나 소감을 얘기하면 어떨까?


버스 유리창에 기대어 스마트폰으로 고양이 입양을 검색했다. 글이 많았다. 글자를 읽어야 한다는 부담감 때문에 눈이 피로했다. 검색창을 내렸다. 사진 앨범을 열었다. 실비아 플라스 전집에서 찍어놓은 그림을 불러왔다. 호기심 많은 프랑스 고양이 그림이었다. 사람으로 따지자면 문을 열고 빼꼼히 고개를 넣어서 안을 살피는 동작이었다. 실비아 플라스는 선 하나를 위에서 아래로 그어서 문틀을 만들고 고개를 앞으로 돌린 고양이의 얼굴을 그렸다. 허공에 떠 있는 그림 같았다. 정말, 정말 귀여웠다. 귀를 쫑긋 세웠고 눈을 크게 떴다. 고양이가 있으면 좋겠다.

다시 검색 화면으로 돌아갔다.

눈에 고양이를 처음 입양하는 사람이 알아야 할 덕목이라는 제목이 들어왔다. 글을 읽었다. 고양이를 사랑하는 사람이 말하기를 "스스로 자신에게 시간이 늘 부족하다고 생각하는 사람은 특히, 절대로, 시작하지 말 것"이라고 했다. C는 감화를 받았다. 고양이를 입양하려면 고양이의 행복에 대해 책임을 지겠다는 마음이 필요하다고 했다. 그 말에 전적으로 공감했다. 아무런 계획도 없이 충동적으로 고양이 입양을 검색한 자신을 반성했다. 고양이의 행복에 대해서는 단 일 초도 생각한 적이 없었다. 행복이 무엇인지에 대해 너무 생각하지 않으면서 사는 것이 아닐까? 갑자기 머릿속에 떠올라서 행복으로까지 생각을 뻗게 해준 고양이야, 너 참 고맙다. 입양은 아직 아닌 것 같다. 고양이의 입양에 대한 글을 읽다가 화면을 닫았다. 고양이의 행복을 위해서는 돈이 필요했고, 고양이를 입양하려면 돈으로 사야 할 물건이 많을 뿐만이 아니라 고양이 때문에 포기해야 할 생활 습관과 고양이 때문에 치워야 할 물건이 많았다. 한마디로 고양이와의 동거를 위해서는 생활을 정리해야 하는데 자신에게 주어진 나날은 퇴근한 자신의 몸 하나를 추스르는 데에도 벅찼다.

이런저런 생각을 하다 보니 옥탑방 문 앞이었다. 계단에 앉아 하늘을 바라보았다. 어두운 하늘에 구름이 잔뜩 끼어 있었다.

날짜가 흘러갔다.

C는 여전히 AI가 썼다는 세 번째 소설을 다시 보지 못했다. 대표가 거부했다.

살인, 살인, 살인, 살인…… 끝없이 살인했다. 그런 소설만 눈에 진물이 날 정도로 읽었다.

C는 태도를 바꾸었다. '내가 당신 부탁을 들어주려고 일을 시작한 건데 당신은 나를 읽기 노예 취급하는구나, 가르치려 들거나 시험하려 들거나. 자본주의자야!' 하고 생각하며 관심을 끊었다. 자신을 읽기 노예로 선택한 대표의 마음이 무엇인지 알고 싶었던 궁금증에 대해서도 관심을 끊었다.

다음 소설은 다르겠지, 다음 소설은 다르겠지, 하면서 출근을 하는 동안 하루하루가 지나갔다. 삼 개월치 급여를 선불로 받았으니 받은 돈만큼만 버티자고 마음을 먹었다. 받은 돈만큼의 대가를 치르고 나면 미련 없이 돌아설 것이다. 가치 있는 일은 처음부터 정해져 있었다. 새로운 소설을 써서 발표하는 일만이 유일하게 자신에게 의미 있는 일이었다.

'그런데 나는 어떤 소설을 쓸 것인가?' C는 이 질문에 답을 할 수 없어서 괴로웠다. 회사에서 읽는 살인 소설은 말 그대로 눈에서 진물이 날 것처럼 지겹고 싫었다. '그런데 나는 어떤 소설을 써야 하는가?' C는 질문에 시달렸다. 회사에 출근하기 전에는 무엇이든 생각의 틀에 걸려들면 그 사건을 소설로 만들어서 잡지사와 출판사에 투고했다. 그런데! 회사에 출근하면서부터는 그럴 수 없었다. C는 소설을 쓰기 위해 퇴근 후 잠을 줄여가며 시간을 만들었다. 출퇴근길에 랩톱컴퓨터를 켜고 글 쓰는 데에 집중할 수 있도록 회사에서 체력을 관리했다. 소설을 쓰려고 랩톱을 열면 아무런 생각도 나지 않았다. 소중한 시간이 덧없이 지나갔다. 디지털시계의 숫자가 깜빡이며 변할 때 애가 탔다. 자신을 이 상황으로 끌고 온 대표가 점점 더 미웠다.

소설을 쓰려면 '무엇'을 '어떻게' 쓸 것인지를 결정한 후, 그것이 독자들의 행복에 어떤 영향을 미칠 것인지 확신을 마련해야 시작할 수 있을 것 같았다. 효율을 따지다 보니 C는 아무런 문장도 쓸 수 없었다. 어떤 소설이 십 점 만점 중에서 십 점을 맞을 수 있을지 알 수 없었다.

모자이크와 퀼트

두 번째 달로 접어들었다. 삼 개월을 버틸 게 아니라 월급을 토해내더라도 일을 그만두어야겠다. 이런 생각이 차곡차곡 쌓여갔다.

C는 소설을 읽다가 놀랐다. 읽기 툴에 들어온 소설은 지금까지 읽은 소설과 사뭇 달랐다. C는 의도적으로 버지니아 울프를 떠올렸다. 대표가 좋아할 태도였다. 그래, 버지니아 울프가 썼다고 생각하자. 어차피 작가가 누구인지에 대해서는 말하지 않을 것이니까. 사실 습관적으로 보르헤스가 떠올랐는데, 괜히 보르헤스를 떠올려서 대표 기분을 잡치지 말자는 생각이 들었다. C는 대표의 마음이 되어서 소설을 읽었다.

소설은 문장이 섬세했다. 살인 장면이 없었다. 탐미적인 문체가 등장해서 새로운 이야기일까 싶어 읽어나가면 아니나 다를까 살인이라는 지긋지긋한 소재로 이어지던 소설과는 출발의 전제가 달랐다. 적당히 감상적이었고 적당히 무표정했다.

C는 시간을 많이 들여 읽고 싶었다. 대표가 원하는 시각에 대화를 시작하려면 살인 소설을 읽는 속도로 소설을 읽어야 했다. 상황이 맞지 않았다. 시간을 맞추어 읽었다. 전체를 아우르는 틀이 파악되지 않았다. 문장 하나하나는 이해가 되는데 어떤 존재가 누구에게 무슨 얘기를 하는 글인지 오리무중이었다. 그 느낌 그대로 말하기로 했다. 버지니아 울프 같다고 말하면 좋을 것 같았다.

약속한 시각에 맞추어 대표의 집무실로 들어갔다. 대표는 녹음 버튼을 눌렀다. 대표에게 말했다.

"진짜 버지니아 울프를 만난 것 같은 느낌입니다."

"웬 버지니아?"

"퀼트, 모자이크, 이런 방식이라서요. 조각난 상념을 퀼트로 붙인 담요 같은 것이라고 할까요?"

"무슨 얘기인데요?"

"그게 잘 안 잡혀서 그렇습니다. 그게 확실하면 좋을 텐데요."

C는 어떤 작가가 쓴 글이냐고 묻고 싶어 안달이 났다. 대표에게 그것은 금기였다.

대표가 말했다.

"몇 점을 주시겠습니까?"

"팔 점요."

"마음에 들었나요?"

"인간적이에요. 지금까지 읽었던 것에 비하면."

"그래요?"

"특히 짧다는 점이 좋습니다. 이런 글은 길면 읽기 힘들거든요."

"그렇군요. 지금까지 주셨던 점수 중에서 가장 높은 점수 같습니다."

"문학적이거든요."

"알았습니다. 나가보셔도 됩니다."

"더 얘기 안 해도 됩니까?"

"알았으니까 나가셔도 된다고요. 읽을 게 더 있습니다. 새로운 소설을 읽고 만나요."

대표는 귀찮아 죽겠다는 투로 말했다. C는 문학적으로 느껴지는 이유에 대해서는 더 얘기 안 해도 된다고요? 라고 묻지 못했다. 새로운 소설을 또 읽으라고요? 라고도 되묻지 못했다. 명령을 받았으니 리딩 룸으로 돌아가 읽으라는 소설을 읽으면 되는 것이었다.

리딩 룸으로 돌아갔다. 마우스로 읽기 툴을 클릭했다. 새로운 소설이 펼쳐졌다. 소설은 이렇게 시작되었다.

'밝은 곳에 있으면 드러나고 어둠 속에 있으면 잠긴다. 세상에게 형태를 부여하는 빛은 그러나 어둠 속으로 잠기지 못한다. 빛이 어둠 속에 머물기를 욕망한다면 세상은 달라질 것이다. 빛에게 의지가 있고 욕망이 있다면, 범죄자처럼 숨고 싶다면……. 빛은 신의 내면이고 어둠은 신의 외투이다. 신은 자신을 세상의 빛이요 어둠이라고 말했다. 빛만으로는 전능할 수 없음을 알았다. 빛이기만 했다면 신은 자신이 발가벗은 모습임을 알게 되었을 것이다. 빛은 나신(裸身)이다. 나신에게는 옷이 필요하다.'

'그것은 과연 사랑이었을까. 엑스선 촬영기술을 발견한 기쁨에 빠져 방사능 입자를 자신의 아내의 손에 통과시켜 뼈 사진을 남긴 과학자의 일, 자신이 찾은 에이즈 백신을 시험하기 위해 스스로 자신의 몸에 에이즈 균을 주사한 의사의 일, 말의 심장에 꽂던 고무관을 사람에게 실험해보려고 자신의 정맥에 고무관을 꽂아 심장에까지 밀어 넣은 의사의 일. 나 하나, 빛 하나, 어둠 하나. 세상은 다리가 셋인 식탁이다. 망상은 엑스선이 통과하지 못하는 두개골 속의 어둠에 잠겨 있다가 맨몸으로 산

책을 나선다. 망상은 다른 망상을 불러온다. 망상이 연쇄되는 고리를 끊으려면 약을 먹어야 한다. 엑스선이 뼈의 연한 부분을 뚫고 지나가거나 균열된 틈을 통과하는 것처럼 약은 혈관을 따라 흐르다가 대뇌피질의 병변 부위에서 운동을 멈춘다. 약은 기억이 인출되는 양을 조절하고 망상을 호출하여 두개골 속으로 귀가시킨다. 환자가 약을 먹는 것, 그것은 과연 사랑일까. 누구를 위한 복용일까.'

마우스를 놓고 소파에 드러누웠다. 대표가 미웠다. 심리적으로 크게 반격을 당한 것 같았다. 대표는 감정적으로 미러링을 하듯이 같은 스타일의 소설을 보낸 것이었다. 모자이크와 퀼트가 마음에 든다는 소감 때문이었다. 대표는 그 말이 싫었는지 '이래도 그런 스타일이 마음에 든다고 할 거냐?'라고 묻듯이 처음부터 끝까지 퀼트와 모자이크로 된 글을 배당했다. 그것을 읽는 일은 고통스러운 독서였다.

C는 극단적으로, 읽기 고문을 당하는 독자의 반응을 기록하는 실험에 끌려든 것이 아닌가 하는 느낌이 들었다. 왜 이런 글을 읽고 있는 것일까? 돈 말고는 아무것도 떠오르는 것이 없었다. 빌어먹을 돈! 선불로 받은 월급이 아니었다면 이런 글을 읽어야 할 의무가 없을 것이다. 비윤리적 퀼트 스토리를 주구장창 읽으라고 내어놓더니 이제는 멀미나게 현란한 헛소리의 롤

러코스터에 태우는 것인가? C는 보르헤스를 떠올렸다. 보르헤스는 평생 단편소설만 썼다. 그런 식으로 길게 쓰면 버텨낼 독자가 아무도 없을 것임을 알았기 때문이다. 그런데 읽어야 할 과제는 장편소설이었다. 보르헤스 식의 장편소설이라니! 헛웃음이 났다.

C는 코웃음을 치면서 문장에 들어 있는 치기 어림을 비난했다. 글을 쓰고 싶었다. '환자가 약을 먹는 것은 누구를 위한 것이냐고? 환자가 약을 먹는 것은 환자와 보호자와 세계 모두를 위한 것이다. 환자만을 위한 행위가 아니며 보호자만을 위한 행위가 결코 될 수 없다. 자살하고 싶은 환자만 약이 누구를 위해 필요한 것이냐는 물음을 가진다. 고통이 극에 달해서 죽음의 세계에 발을 디디고 싶은, 참을 수 없는 환자만이 약의 효용에 대해 진지하게 반문할 수 있다. 그런데 소설의 작가는 환자가 약을 먹는 것이 환자를 위한 것인지 보호자를 위한 것인지 의사를 위한 것인지 결정해야 한다는 강박에 걸려 있다. 이 세상에는 약값이 없어서 신을 찾는 사람이, 울며불며 피눈물 맺히게 가난을 원망하며 죽을 날을 기다리는 사람이 많다. 그런데 이 소설을 쓴 작가는 그런 상황을 생각해본 적 없는 관념론자의 편협한 문장을 쓰면서 자아도취에 빠져 있다. 에이즈 백신을 개발해서 자기 몸에 주사한 의사가 있다고 치자. 그 의사는 자기의 만족감만을 위해 그런 것이 아니라 자기의 만족감

을 챙기면서 세계에 이로울 일을 한 것이다. 그런데 소설에서는 둘 중 하나를 선택하기를 강요한다. 남을 위한 것이 아니라 자기를 위한 것이었다는 식으로 말하고 있다. 작가는 자신이 자아도취에 빠졌기 때문에 남도 그럴 것이라고 착각한다. 남을 위한 일을 하면서 동시에 자기를 위하는 사람들의 행복을 생각해본 적이 없는, 불행만 생각하는 사람이다. 왜 둘 다 아우르지 못하는 것일까? 소설이 강박증 환자의 독백이란 말인가? 소설에서 많은 작가들이 인간의 불행을 그린 이유는 묘사된 불행의 반대 국부에 있는 행복의 모습을 독자의 머릿속에 심어주기 위해서였다. 그런데 이 작가는 불행 타령만 하고 있다.' C는 머릿속으로 문장을 타이핑했다. 머릿속으로 글을 쓰니 기분이 한결 나아졌다.

머릿속으로 글쓰기를 이어갔다. '치기 어린 작가가 멋을 부려본 문장일 것이다. 밝은 곳에 있으면 드러나고 어둠 속에 있으면 잠긴다. 세상에게 형태를 부여하는 빛은 그러나 어둠 속으로 잠기지 못한다. 이 문장은 뭔가 있는 것 같지만, 쥐뿔, 아무것도 없다. 너무나 시각 중심적이다. 눈을 감는다고 해서 물질의 형태가 사라지는 것은 아니다. 사랑에 빠져보아야 한다. 눈을 감았을 때 더 잘 보이는 것이 있다. 어둠 속에서 나누는 사랑의 형태가 그렇다. 시각에만 의지한다면 세상을 이해할 수 없다. 빛이 어둠 속으로 잠기지 못한다는 말 역시 너무나 단순하다. 가슴속에 있는 빛의 존재에 대해 뭐라고 말할 것인가? 빛은 어둠 속에 있을 수도, 어둠 바깥에 있을 수도 있다. 빛 속에는 어둠이 있을 수도 있다. 그런데 눈에 보이는 밝음과 어두움으로 세상을 판단하고 해석하려고 하는 이 문장들은 무슨 개뼈다귀란 말인가! 신의 외투 운운하는 것은 말만 거창하다. 정신병자의 글은 읽고 싶지 않다.'

C는 글을 쓰고 싶어서 몸살이 날 것 같았다. 조퇴를 하고 싶었다. 그런데 소설을 읽어야 했다. 리딩 룸에서 퇴근 전까지 시간을 보내야 했다.


건성으로 페이지를 넘겼다. 글이 복잡해서 이해되지 않으니 머리가 어지럽고 팔다리가 축축 쳐지면서 기분이 가라앉았다. C는 시계를 자주 바라보았다. 시간아 흘러가라. 시간만 흐르면 된다. 녹음에 대한 강박도 던져버렸다. 익숙해지고 나니 녹음을 한다고 해서 긴장했던 자신이 바보 같았다. 대표 앞에서 아무 말이나 지껄여도 소감이 될 것이다. 함께 일 못하겠으니 회사를 그만두라는 말을 들었으면 싶었다. 계약서에는 최선을 다해 읽겠다는 다짐이 있지 않았다. 최선을 다해 읽겠다고 맹세하지 않았으므로 최선을 다하지 않아도 되는 일이었다. 그동안은 너무 최선을 다해 일을 했다. C는 생각했다. 내가 애걸복걸하며 급여를 선불로 달라고 요구한 것이 아니었어. 당신이 당신 기분에 끌려 그렇게 정한 것이었어. 에라, 모르겠다. 소설이나 읽자. C는 읽기를 계속했다.

　퇴근 시각까지 삼십 분이 남았다. 어차피 소설이 누구에게 무엇을 말하는 것인지 줄거리는 파악되지 않는 것이고, 대표는 메모를 못 하게 했으니 머릿속에 남아 있는 인상만 보고해주면 되는 일이야. 끝까지 다 읽을 필요도 없어. 똥인지 된장인지 찍어 먹어봐야 알겠어? 흥! C는 읽기 완료 버튼을 눌렀다. 대표가 호출하기를 기다렸다.

세상에서 가장 짧은 슬픈 소설

십 분이 흘렀다. 대표에게서 집무실로 오라는 인터폰이 왔다. C는 대화를 끝낸 뒤 바로 퇴근할 수 있도록 준비를 해놓고 리딩 룸을 나섰다.

　대표가 녹음 시작 버튼을 눌렀다. 대표가 말했다.

"어떻습니까?"

C가 말했다.

"그냥 그렇습니다."

"어떤 점이요?"

"솔직히 힘듭니다."

"뭐가요?"

"지겨워 죽겠습니다. 무슨 말인지 모르겠고."

"요구 사항을 말씀해보세요."

"짧은 글일 때는 읽을 만했는데 반복되니까 아주 죽겠습니다. 장편소설이잖아요. 쉽고 분명했으면 좋겠습니다."

"쉽고 분명한 글…… 그게 어떤 글일까요? 어떤 식으로 쉽고 분명하면 좋을까요?"

"모르겠어요. 이건 어떤 소설이다, 이건 무슨 이야기이다, 이렇게 한 줄로 정리할 수 있다면 쉽고 분명하다고 느껴지겠죠."

"헤밍웨이라고 유명한 작가가 있었는데……"

"네?"

C는 대답을 해놓고 너털웃음을 웃었다. 대표의 말투가 시니컬해서 웃음이 계속 났다. 왠지 스트레스가 확 풀리는 느낌이었다. 헤밍웨이라고 유명한 작가가 있었다고 한다, 큭큭큭. 대표가 왜 이런 말투로 가까이 다가오려고 하는 것일까. C는 계속 웃었다. 대표가 말했다.

"그런 작가 이름 들어봤죠?"

C가 말했다.

"대표님! 저도 들어본 이름 같아요, 헤밍웨이…… 큭큭."

대표가 말했다.

"유명한 한 줄짜리 소설이 있었어요."

"네?"

"For sale, baby shoes, never worn!(팝니다. 아기 신발, 한 번도

안 신었음!)"

"……."

"어때요? 괜찮은 소설인가요?"

C는 어떤 말을 해야 하는지 분위기를 살폈다. 대표는 소설로 인정을 했기 때문에 괜찮은지 아닌지 묻는다고 생각했다. C가 말했다.

"그게 왜 소설이죠?"

"인터넷에서 '세상에서 가장 짧은 슬픈 소설'로 많이 알려져 있어요."

"처음 들어요, 저는."

C는 대표의 얼굴을 바라보았다. 대표는 힘들이지 않고 고개를 끄덕였다. C는 자책했다. 왜 이런 소설을 듣지도 보지도 못했을까? 인터넷에서 유명하다는데! C는 자신의 무식을 힐책했다. 헤밍웨이라는 이름에 기가 눌렸다. 대표에게 물었다.

"다시 한 번만 더 말씀해주세요. 뭐라고 하셨죠?"

"For sale, baby shoes, never worn!"

대표는 강세를 넣지 않고 평범하게 발음했다. C는 대표가 말한 문장을 기억했다가 "For sale, baby shoes, never worn!" 이라고 소리 내서 말한 뒤 이 문장이 담고 있는 사연을 상상했다. 헤밍웨이의 소설이라고 하니 자살에 어울리는 이야기가 들어 있을 것 같다는 느낌이 들었다. 아버지의 자살에 영향을 받아 자살을 했을 것이라는 설이 있었다. 소위 말하는 '자살 유전자' 담론이었다. C는 헤밍웨이의 부인이 아이를 낳았는지 안 낳았는지 알지 못했다. 그래서 'For sale, baby shoes, never worn!'에 들어 있는 사연을 순전히 상상으로만 만들 수 있었다. 아기가 태어나기 전에 아기를 위해 신발을 사두었는데 아기가 죽었구나. 태어나면서 죽었을까? 태어나기 전에 죽었을까? 아니면 태어나서 얼마 못 살고 죽은 것일까? C는 대표의 입에서 나왔던 '세상에서 가장 짧은 슬픈 소설'이라는 설명에 기대어 슬픈 이야기를 만들었다.

그러나 C는 밀리고 싶지 않았다. 어린 시절 좋은 소설이라고 세뇌당한 그 작가의 작품에서 감동을 받은 적이 단 한 번도 없었다. 누군가는 극렬 여성 혐오자라고 평가했다. 대표가 그 평가를 지지하는 것 같았다. ○○라고 유명한 사람이 있었는데……. 한동안 많이 사용된 어법이었다. C는 대표로부터 시험당한다는 생각이 들었다. 대표의 말을 곱씹었다. 한 줄짜리 소설이 있다고 했지 훌륭한 소설이 있다고 말하지 않았다. 인터넷에서 가장 짧은 슬픈 소설로 알려져 있다고 했지 그 평가에 동조하거나 반대한다는 뜻을 말한 것이 아니었다. 대표는 아직 소설에 대해 의견을 말하지 않았다. 그런 사실이 있음을 알려줬을 뿐이다.

C가 말했다.

"쉽고 분명한 소설은 아니네요."

"왜죠?"

"대표님께서 말씀하신 그 한 줄은, 세상에서 가장 짧은 슬픈 소설이라는 정보가 있어야 완성되는 소설입니다. 아기 신발을 판다고 했는데, 누가 어떤 신발을 파는지 알 수 없잖아요. 아이의 발이 자라서 맞지 않아 새 신을 사용할 수 없게 되었으니 선물 받았던 것을 판다면서 물건을 내놓는 가난한 부부의 알뜰한 마음을 느낄 수도 있어요. 쉽게 풀어 쓰면 '한 번도 안 신은 아기 신발 팝니다!'라는 문장이니까요. 그런데 '슬픈'이라는 말 때문에 아기의 죽음을 생각하게 되죠. '슬픈'이 없으면 소설이 안 만들어집니다. '슬픈'이 죽음을 불러오고, 죽음에 얽힌 사연이 없어서 모호한 것 같습니다. 한 줄 자체로는 소설이 안 되는 것 같아요."

"그럴 수 있겠네요. 그런데 사연, 그런 게 꼭 있어야 할까요?"

"소설이니까요."

대표가 C를 향해 약간 만족스럽다는 표정을 지었다. C는 실제로 아무런 감흥도 못 느낀 상태가 된 것 같았다. 대표가 말했다.

"만약 보편적인 죽음이라고 한다면요? 모든 죽음을 슬픈 일로 담아서 쓴 소설이라고 한다면 어떻게 되나요?"

"그러면 슬픔을 너무 부모 중심적으로 계산한다는 혐의를 받게 될 것 같아요. 아기를 사물화 한다는 비판도 가능할 것 같고요. 아기를 '소유'했다가 '잃은' 부모의 마음만 들어 있게 되잖아요. 아기의 운명은 어디에 있을까요? 죽은 아기의 슬픔은?"

"슬픔을 만들려면 죽긴 죽어야겠죠?"

"그럴 것 같아요. 죽은 아이 때문에 슬픈 거죠. 아, 대표님! 다른 슬픔을 생각해볼 수도 있겠습니다. 반드시 죽음이 등장해야 할 이유는 없을 것도 같아요."

"어떻게요?"

"죽지 않고 성장이 멈춘 상태를 생각해볼 수 있을 것 같아요."

"무슨 뜻이죠?"

"갓난아기 상태로 성장이 멈췄다면 그것도 슬픈 일이죠. 성장할 가망이 없는 거예요. 그래서 신발을 팔아야 하는 상황이 된 거예요. 슬프지 않나요?"

"어떤 게 더 슬픈 건지 모르겠군요. 죽음이 더 슬픈지, 성장의 가능성 없음이 더 슬픈지."

"죽음이 더 슬픈 거겠죠."

"그렇겠죠?"

"그렇죠."

C는 대답을 해놓고 잠깐 생각에 빠졌다.

정말로 죽음이 가장 슬픈 것일까? 살아서 성장을 못한다면 죽는 것만 못한 것 아닐까? 왜 가장 큰 슬픔은 죽음에서 나온다고 생각하게 된 것일까? 할머니는? 엄마는?

C는 AI를 생각했다. '아기', '신발', '팝니다', '한 번도', '안 신었음'에 대해 AI가 감정 없이 데이터를 정렬해주는 방식을 떠올렸다. '아기'는 몇 세이며 어디에서 태어났을까? 신발은 실내화일까 운동화일까? '팝니다'라고 말하는 사람은 어디에 사는 누구일까? '한 번'이라 함은 무엇을 말하는 것일까? '일 회'가 아니라면 '영점 오 회'는 신었다는 뜻일까? '안 신었음'의 의미는 무엇일까? 신지는 않았으나 땀이 묻었을 수 있다는 뜻일까? 신발을 판다고 광고를 낸 존재가 인간이 아닌 존재일 수 있지 않을까?

C는 AI 생각에 빠져서 이야기를 무궁무진하게 펼쳐나갔다. 문장을 단어 위주로 잘라서 AI처럼 데이터를 모아보니 파는 사람은 부모일 것이라는 당연한 생각에 아무런 근거도 없었음이 드러났다. 근거가 없으므로 틀린 생각이었다. 부모일 이유가 없었다. 아기의 신발을 파는 사람은 아기의 이모일 수도 있고 언니일 수도 있고 생면부지의 행인일 수도 있었다. 아기 신발을 판다고 내놓는 사람이 부모라는 정보가 'For sale, baby shoes, never worn!'에는 들어 있지 않았다. 죽음도 마찬가지였다. 아기가 죽었다는 정보가 그 문장 어디에 있단 말인가! 한 번도 안 신은 아기 신발을 판다는 문장은 참으로 많은 모호함으로 이루어져 있었다. C가 말했다.

"대표님, 죽음을 상상한다는 것 자체가 클리셰일 수 있겠네요. 반드시 죽음이 등장해야 할 필요는 없을 것 같네요."

"왜죠?"

"살아 있음을 이야기하는 게 좋으니까요. 살아 있는 아기의 고통을 슬픔의 조건으로 걸면 돼요."

"그렇다면 신발을 팔려고 내놓는 부모의 마음은 어떻게 되는 걸까요?"

"부모의 마음이 아닐 수 있어요."

"왜요?"

"'For sale, baby shoes, never worn!'에는 부모가 아기를 품에 안고 있다는 전제가 없어요. 부모가 베이비 박스 안에 어린애를 넣어서 유기했다고 쳤을 때요, 신발과 함께, 그런데 지나가던 이가 아이는 챙기지 않고 신발만 챙겼어요. 신발을 팔아서 생긴 돈으로 빵을 사기 위해. 그럼 슬픈 존재는 누가 되나요? 아이가 되네요. 버려져서 죽을 운명에 놓인 그 아이가 세상에서 가장 슬픈 것 아닐까요? 슬픔은 아이의 몫이지 부모의 몫이 아닌 거예요, 이렇게 되면. 헤밍웨이 시대의 가부장 규율에서 완전히 해방되는 거예요."

"얘기가 이상한 식으로 흐르는 것 같은데⋯⋯. 어쨌든 말이 안 되는 건 아닙니다. 작가님 말을 듣고 있으니까 슬픔의 원인은 죽음이 아니면 가난이군요. 가난이 가부장으로 이어지고."

"죽음은 존재론적이고, 가난은 사회적인 것 같아요. 두 가지를 하이브리드 시키면 가난 때문에 죽었다는 줄거리가 나오겠죠. 가난 때문에 아이가 유기당하고, 가난 때문에 행인이 베이비 박스 안에 있는 신발을 훔치고, 결국 아이가 죽고, 그런 것이 가장 슬픈 이야기가 되겠군요."

"그러면 다시 죽음으로 돌아가게 되는 것 아닌가요……?"

"대표님! 만약 세상에서 가장 슬픈 소설이 아니라 세상에서 가장 즐거운 소설이라고 알려졌다고 생각해보면 어떻게 될까요? 'For sale, baby shoes, never worn!'이라는 문장에서 즐거움을 생각한다면 이 문장에서는 밝고 명랑한 아이의 얼굴이 떠오르지 않습니까? 가난에 찌든 부모가 자신의 불운을 아이의 신발에 담아서 해치우듯이 팔아넘기려고 하는 게 아니라 자선모금행사장에 나온 사람이 자신의 행복을 나누기 위해서 경매를 진행하면서 즐겁게 외치는 장면을 상상해볼 수 있지 않나요?"

"그게 세상에서 가장 즐거운 일일 수 있을까요? 아이가 자라서 신발을 신을 수 없게 됐는데 그 신발을 팔겠다고 선언을 하는 게? 쓸모없어진 걸 덤핑하는 거잖아요."

"이야기에서 위기를 만들어야죠. 원래는 심한 병에 걸려서 더 살 수 없었는데 병이 사라졌다고 생각해보세요. 병실 침대에서 내려올 때는 이미 발이 자라 있어서 그 신발을 신을 수 없게 됐다고 친다면, 그 신발, 정말로 아름다운 신발이 될 거잖아요. 한 번도 신지 않은."

"부모가 꼭 등장할 필요도 없죠. 작가님이 말한 것처럼!"

"그렇죠. 공동체의 일원이 될 수도 있죠. 아이를 꼭 부모가 키우는 것은 아니니까."

"얘기를 참 많이 만드시는군요."

"다른 아이디어가 떠오릅니다."

"어떤?"

"신발을 파는 사람이 굳이 보호자격인 성인이어야 할 필요가 없어질 것 같네요. 아기가 자라서 스스로 자신의 신발을 판다고, 한 번도 신지 않은 신발을 판다고 광고를 하는 상황이요."

"끝없이 펼쳐지네요, 상상이란 건. 이제 그 얘기는 그만했으면 좋겠습니다."

"대표님은 헤밍웨이 싫어하세요?"

"별로요."

"왜요?"

"우리 회사에서 책을 낸 적이 없어요. 큭큭."

"농담이시죠?"

"진심이에요."

"저는 퍼뜩 AI라면 어떤 이야기를 쓸지 생각해봤거든요. '팝니다, 아기 신발, 한 번도 안 신었음!'이라는 문장을 소설로 쓰라고 명령했을 때 말입니다. 기계적으로 데이터 작업을 한다고 생각해봤어요. 디지털 막노동을 하는 거예요. 작게 쪼갠 다음에 통합하는 것이 컴퓨터의 방식이잖아요. 대표님께서 인터뷰하실 때 했던 말씀하고도 연결이 됩니다. 미디어가 진화하면 미래의 출판은 독자들이 디테일을 만들어 채우는 형태가 될 것이라고 하셨죠. 그래서 출판의 콘텐츠는 시처럼 간결해질 것이라고 하셨죠. 그 모형에 맞는 이야기가 될 것 같아요."

"제가 미래의 출판은 독자가 디테일을 만들어 채우는 형태가 될 거라는 말을 했던가요?"

"소설 쓰는 AI에 대해서 인터뷰하실 때요. 아티피셜 인텔리전스가 아니라 아티스틱 인텔리전스가 필요하다고."

"그랬군요. 그렇게 생각할 때가 있었죠."

"지금은 아닌가요?"

"생각이 계속 달라지니까요. 독자가 디테일을 만들어 채워서 소비하려면 출판사는 미디어센터가 되겠군요. 수많은 창작 AI를 가지고 있어야겠죠. 그리고 독자가 드라이빙 능력을 갖추고 있다고 해야 하는데……. 독자들이 그렇게 적극적일까요? 그 인터뷰를 할 때는 적극적인 독자가 점점 더 늘어날 거라고 생각했나 봅니다. 재미있는 한 줄에 대해 독자가 디테일을 채워서 소비하는 식의 출판 모형은, 글쎄……, 음……, 독자가 수동적이면 불가능하죠. 파티 호스트가 됐다고 해봐요. 식탁에 앉은 손님에게는 고기를 접시에 담아 주어야 합니다. 바비큐 통을 통째로 떼어서 식탁에 놓을 수는 없어요. 하얀 옷을 입은 손님에게는 특별히 냅킨을 충분히 드려야 하죠. 그것을 원할 수 있을 테니까. 독자는 흰옷을 입은 손님입니다. 흰옷에 음식이 튀면 안 돼요."

대표의 말투는 체념적이었다. 죽은 물고기를 바라보는 것처럼 힘이 없었다. 흰옷 입은 손님이라는 표현은 분위기에 어울리지 않았다. C는 일종의 의무감으로 대꾸했다.

"순백의 독자. 대표님은 그런 독자를 이상적으로 그리고 있나 봅니다. 작가마다 그리는 독자의 상이 다를 텐데. 독자는 자신을 흰옷 입고 식탁에 앉는 손님이라고 비유하는 것에 반대하는 경우도 있지 않을까요? 어떤 독자는 작업화 신고 콘크리트 비비는 막노동꾼이길 원할 수도 있지 않을까요?"

"작가님은 그런 독자를 원합니까? 작가와 함께 고민하면서 공감해줄 독자?"

"그럼 좋죠."

"돈 내면서 작가를 위해 에너지를 쓸 독자가 얼마나 있을까요? 자원봉사면 가능하겠지만. 그런 자원봉사자 유형의 독자를 원하시는 거예요?"

"아닙니다. 그건. 노동의 즐거움이라는 것이 있듯이 독서도 그럴 수 있다는 것을 말씀드리려고 그랬습니다. 피트니스 센터에서 유쾌하게 땀 흘리는 것처럼."

"독서는 운동이면서 노동일 수 있죠. 노동과 운동은 다를 거예요. 물론 노동의 즐거움도 가능하죠. 그런데 소설책을 들고서 노동형 독서를 즐기는 독자는 많지 않을 겁니다. 휴식이 필요하잖아요. 소설을 읽는 건 공부가 아니죠."

"공부가 되는 소설도 있죠. 재미있게요."

"재미가 있어야겠죠."

"그렇죠! 그겁니다! 재미가 있어야죠!"

"독자의 트렌드는 계속 달라집니다. 그런데 대체로는 수동적이죠. 한때 이렇게 생각한 적이 있습니다. 독자는 슬픔의 세부를 보고 싶어하고, 신기한 것의 실상을 궁금해한다고. 자신보다 더 불행한 주인공을 보면서 자신의 불행을 위로하려고 한다고. 거기다 작가가 불행한 인생까지 살고 있다고 알려지면 독자의 관심은 두 배 세 배 증가한다고. 하지만 그것은 불행한 독자를 기준으로 삼았을 때 그렇다는 것이지 세상의 모든 독자가그렇다고는 말할 수 없습니다. 출판사는 불행한 독자를 겨냥해서 몇몇 불행을 다독이는 문학 작품만 출판하지는 않아요. 불행한 독자의 그런 독법에 기준을 맞추다 보면 출판사는 독자의연민을 바라게 돼요. 사악하게 약한 척하는 작가를 찾게 되는거죠. 불행한 척하는 작가를 섭외하게 되는 것이고. 사랑에 실패한 척하는 작가, 실패를 과장하는 작가를 섭외하게 되죠. 그건 판매에 잠시 도움이 될지 몰라도 출판사 입장에서는 써먹고 버리는 패라고 할 수 있습니다. 그런 작가는 소모품이죠. 건강한 작가를 출판사는 원하죠."

"문학에서는 건강한 것이 마이너스잖습니까."

"그렇지는 않아요. 판이 바뀔 것입니다. 건강한 문학이 필요해요."

"……."

"작가님, 그리고 말예요, 불행한 독자는 장기 고객도 못 돼요. 책을 많이 사지도 않고요. 출판사 입장에서 보면 그런 책은 손해예요."

"……."

"녹음, 여기에서 끊겠습니다. 내일은 쉽고 분명한 소설을 보내드려 보죠. 퇴근하실 시간 된 것 같네요."

대표가 대화를 끝내자는 뜻으로 말했다.

C는 이상한 기분이 들었다. 대표가 전투력을 잃고 매너리즘에 빠진 것 같았다. 건강한 문학을 이야기한다는 것이 건강하지 못한 자신의 몸을 이야기하는 것 같았고, 불행한 독자를 이야기한다는 것이 자신의 상태를 이야기하는 것 같았다. 건강과 행복, 이런 단어를 대표의 입에서 처음 들었다. C는 대표의 얼굴 앞에서 등을 돌렸다. 시간이 되었으니 퇴근을 향해 발걸음을 내딛기로 했다.

가장 소설적인 순간

할머니의 기일이라 검은 옷을 입었다. 납골당도 없고 비석도 없으니 검은 옷으로 날짜를 기념했다. SNS에 장미 사진을 올렸다. 친구들은 감감무소식. 웬 장미 사진인가 물어오는 댓글도 없었다. 아무 이유 없이 꽃을 올리기에는 어중간한 나이가 아닐까 생각했다. C는 할머니를 생각하며 열심히 살기로 했다.

검은 옷을 입고 소파에 드러누워서 마우스를 들고 소설을 읽었다. 유리벽을 의식하지 않고 하고 싶은 대로 행했다. 보라면 보라지. 어떤 자세로 일을 하든 일만 하면 되는 거잖아. 대표의 눈치를 안 살폈다.

이번 소설은 술술 읽혔다.

C는 몸이 가벼워지는 기분이었다.

대표의 집무실에 야구방망이가 등장했다. 대표는 스윙을 연습했다. C는 대표가 철저한 사람이라고 생각했다. 새로 시작된 소설이 야구 소설이었다. 야구를 이야기하기 위해 스윙을 연습하는 것 같았다.

약속한 시각이 되었다.

대표는 녹음을 시작했고 C가 먼저 말했다.

"줄거리를 먼저 말씀드릴게요. 야구 소설이에요. 타자 헬멧에 컴퓨터가 장착되어 있습니다. 투수가 어떤 볼을 어느 코너에 던질지 타자는 컴퓨터를 통해 미리 압니다. 타자는 헬멧이 분석해서 지시하는 대로 방망이를 휘두르기만 하면 돼요. 주인공은 승승장구하고 행복한 나날을 보내죠. 어느 날 상황이 바뀝니다. 헬멧의 비밀을 알게 된 동료 선수가 주인공의 헬멧을 훔칩니다. 코믹스 스타일로 따지면 악인이 등장한 거라 해야겠죠. 이 악인 선수는 컴퓨터와 싱크로 타이밍을 못 맞춰서 연신 헛방을 칩니다."

C는 대표의 눈치를 보면서 말을 멈췄다.

대표가 말했다.

"계속해보세요."

C가 말했다.

"악인 선수는 싱크로 타이밍을 맞추려고 최선을 다합니다. 그런데 실패합니다."

"컴퓨터가 인격을 갖는 걸로 아는데, 어떻게 나오나요?"

"컴퓨터는 헬멧에 내장돼 있어요. 악인 선수한테 욕을 합니다. 너 같은 도둑은 지옥에 가야 한다고 말해요. 컴퓨터의 독백이기 때문에 악인 선수는 컴퓨터의 음성을 듣지 못해요. 싱크로 타이밍을 컴퓨터가 의도적으로 조작한 것입니다. 맞춰질 수 없죠. 악인 선수는 그걸 알지 못합니다. 선수는 미칩니다. 헬멧을 버리고 원래의 인간으로 돌아가서 타석에 서려고 하는데 감독이 선수를 교체합니다. 부활할 기회가 없는 것이죠. 선수는 스트레스로 입원합니다. 병실 침대에서 총을 꺼내 머리에 쏩니다."

"정말 미쳤군요. 반전은요?"

"주인공이 만들죠. 주인공은 헬멧의 도움에 의지하지 않고 자신의 힘으로 타격할 수 있도록 연습을 합니다. 스포츠 드라마의 정공법이라 할 수 있죠. 연습을 하면서 컴퓨터의 안부를 걱정합니다. 컴퓨터와 나누었던 교감을 회상합니다. 어디에서 어떻게 살고 있는지 걱정하죠. 주인공은 연습을 통해 자신감을 얻습니다. 악인 선수가 병원에 입원하는 날 주인공은 컴퓨터 헬멧을 다시 만납니다. 주인공은 컴퓨터 헬멧을 만난 후 자신의 헬멧을 벗어서 두 헬멧을 비교합니다. 어느 것을 선택할지 고민하다가 컴퓨터 헬멧을 쓰기로 합니다. 컴퓨터에 의지하지 않기 위해서 컴퓨터에게 말합니다. 싱크로를 해제하자고 말입니다. 컴퓨터가 동의합니다. 선수는 기가 막히게 활약합니다. 컴퓨터는 싱크로를 해제한 상태였습니다. 이 소설이 여기에서 재미있어집니다. 이게 헬멧에 의한 것일까요? 연습에 의한 것일까요? 이 작가는 두 가지를 콜라보 시킵니다. 헬멧에 장착된 컴퓨터와 다정하게 인사하는 주인공을 부각시켜요. 주인공이 헬멧을 쓰는 순간 무의식이 컴퓨터에게 전달되어 컴퓨터의 무의식에 연결되는데 컴퓨터는 무의식적인 주인공의 다정함에 매료됩니다. 타격 연습을 할 때 컴퓨터의 안부를 걱정했던 장면이 컴퓨터의 무의식 속에 전이됩니다. 악인 선수와는 완전히 다른 다정함을 가지고 있었던 거죠. 컴퓨터는 거기에 반합니다."

C의 긴 설명을 듣고 대표가 물었다.

"그래서 얻어지는 게 뭐죠?"

C가 되물었다.

"얻어지는 거라뇨?"

대표가 말했다.

"소설을 읽고 얻을 수 있는 것."

"해피엔딩이죠. 권선징악을 확인함으로써 심리적 안정감을 얻는 거죠."

"십 점에서 몇 점을 줄 수 있습니까?"

"재미있긴 하지만 오 점?"

"왜죠?"

"도식성이 진하게 느껴집니다."

"어떤 도식?"

"남성형 정의감에 의한 도식. 단순해요. 이 작가는 기계적으로 나쁜 인물을 하나 등장시켰다가 없앤 거예요. 절도 사건과 자살 사건으로요. 그런 사건은 만들기 쉽죠. 훔쳤다가 스스로 죽으니까요. 자살도 총으로 깔끔하게 해버리잖아요. 그게 도식입니다. 그러면 안 되죠."

"남성형 정의감이라, 그렇게 읽으셨구나. 내추럴한 이야기가 되려면 컴퓨터가 어떻게 해야 하는 거죠?"

"컴퓨터가 무의식의 세계에서 주인공이 보인 다정함의 기원을 분석하면 어떨까요? 컴퓨터가 주인공 타자의 무의식에서 다정함의 기원을 찾고 악인 타자의 무의식에서 세속적 욕망의 기원을 찾는다면 어떻게 될까요? 그리고 무엇보다 악인 타자가 자살에 이르는 과정을 디테일하게 보여주는 것이 필요할 것 같습니다. 컴퓨터가 주인공의 다정함은 재빠르게 인식하면서 악인 타자의 무의식에 대해서는 악의적으로, 성적에 눈이 먼 뇌를 소유한 인간이라고 판단하는데 그건 아닌 것 같아요. 선악을 대비시키는 것이 너무 기계적입니다. 세속적 욕망의 기원에 대해서 언급을 하는 것이 좋겠죠. 가장 소설적인 순간이라고 한다면 그것은 악인 타자의 좌절과 고민에서 나오는 장면이라 할 수도 있어요. 인생에서는 어쩌면 주인공보다 더 인간적인 캐릭터이죠. 잘 치고 싶고, 훌륭해지고 싶은데 안 되니까. 잘하고 싶은데 잘 안 되는 것이 사람을 고민하게 만들잖아요. 더 노력할 것인가, 잘하고 싶은 마음을 포기할 것인가, 꼼수를 쓸 것인가, 신에게 기도를 할 것인가…… 그게 인간이잖아요. 그런데 없잖아요, 이 소설에는. 어차피 컴퓨터가 인간의 뇌를 스캔하고 무의식을 읽는다는 것이 도식적인 상상에서 출발한 거니까 이야기가 도식적이라고 마냥 비판할 수는 없지만요.”

“알았습니다. 주인공과 달리 악인 타자가 다정하지 못한 이유, 다정하지 못함의 기원은 어디에 있다고 하면 좋을까요?”

“다정함의 기원이 아니라 소설에서는 다른 용어를 쓰는데, 그 용어는 잘 기억나지 않습니다. 다정함이라는 말은 저의 표현 방식입니다. 제가 정리해보니 그런 언어로 말할 수 있을 것 같습니다. 상대를 따뜻하게 대하는 성향인데 공감 능력이라고 말할 수 있을 것 같습니다. 주인공에게는 있지만 악인 타자에게는 없는 것.”

“공감 능력? 어떻게?”

“그 점에서 이 소설은 AI가 썼다고 포장을 하는 게 어떨까 하는 생각을 했습니다. 그냥 다정했다고만 말하고 있는데 그 점이 도식으로 작용하니까요."

"AI요?"

"온라인 게임 채팅을 끌어다 쓴 소설처럼요. 만약 판매만을 염두에 둔다면 이번 글은 AI가 썼다고 하면 좋을 것 같아요."

"사람이 썼는데 AI가 썼다고 하면 그 사람 마음이 어떨까요? 기분 나쁘지 않을까요?"

"글쎄요. AI가 꼭 나쁜 건 아니잖아요."

"역시 친화적이셔. 왜 AI를 말씀하시는 겁니까?"

"작가가 궁금해서요."

"어떤 작가가 상상되십니까?"

"사건 흐름을 만들어놓고 데이터를 집어넣는 작가요. 명령자가 따로 있고 수행하는 기계가 있는 느낌입니다. 십 점 만점에서 오 점을 줄 수 있다고 말씀드렸는데 AI가 썼다고 한다면 구점을 줄 수 있을 것 같습니다."

"왜요?"

"내용은 도식적이지만 문장이 안 흔들리니까요. 읽을 만해요."

"문제는 도식성으로 다시 돌아가게 되네요. 작가님 같으면 어떻게 하겠습니까? 다정함의 기원이 어디에 있다고 보시나요?"

"여유요."

"여유요? 어떤 여유요?"

"자신에 대한 사랑 말입니다. 그렇지 않을까요? 심리적으로 여유가 있어야 다정해질 수 있어요. 자기 일에 급급한 사람이 타인에게 다정할 수는 없어요. 다정함은 에너지를 조건 없이 주는 행위라 생각해요. 다정함의 방향은 타인을 향할 수도 있고 에고를 향할 수도 있을 텐데 기본적으로 에고에 대한 사랑이 있어야 가능하겠죠. 타인에게 다정하려면."

"다정함은 보상을 바라면서 의도적으로 건넬 수도 있죠."

"부족한 사람의 경우에는 그렇겠죠. 짜내야 하니까요. 넘치는 사람은 그럴 경우가 드물 겁니다."

"그것 외에 서사에서 부자연스럽고 이상하다고 느껴지는 부분은 어디입니까? 도식적인 부분을 조금 더 보충해서 말할 수 있습니까?"

"이름을 붙이면 어떨까요?"

"어떤 이름?"

"알렉스 같은 이름요. 함께 사는 고양이나 강아지에게 이름을 지어주듯이요."

"작가한테요?"

"헬멧에 장착된 컴퓨터한테요. 그것도 AI일 텐데 컴퓨터라고 부르니까 개성이 안 느껴지고 다정함도 안 느껴지는 것 같습니다. 주인공이 헬멧 컴퓨터를 알렉스라고 부르게 해보면 더 다정한 관계로 느껴지지 않을까요?"

"괜찮군요. 그 제안. 그런데 혹시 야구를 직접 해본 경험이 있습니까? 진지하게? 어느 팀에 들어가서?"

"아닙니다. 전혀요."

"야구를 분석해본 적은요?"

"그것도요. 전혀요."

"그런 것 같아요."

"왜요?"

"타자가 헬멧의 도움을 받아서 투수의 뇌를 읽었다고 해서 모든 공을 친다는 설정이 부자연스러운 부분 중 하나인데 그것을 못 잡은 것 같아서 하는 말입니다. 머리하고 몸하고 다른 게 인간입니다. 생각한 대로 던질 수 있는 투수는 인간 중에 없을 겁니다. 인간의 몸은 뇌가 의도한 대로 결과를 내는 법이 드물죠. 투수의 손끝에서 나오는 공은 뇌의 정보에 의해 명령되는 그대로 나오는 공이 아닙니다. 너클볼을 던진다고 합시다. 마술을 부리는 것처럼 엄청난 궤적을 생각한 후에 볼을 던지는데 자기가 생각한 대로 공이 진행되는 경우는 많지 않죠. 타자도 마찬가지입니다. 코스를 미리 알고 궤적을 미리 알았다 하더라도 그 공을 백 퍼센트 때려 맞추는 타자는 많지 않아요. 투수는 원하는 대로 공을 던질 수 없고, 타자는 원하는 대로 배팅을 할 수가 없습니다. 그것이 인간의 야구입니다. 그런데 소설에서는 그 점을 망각하고 있는 것 같네요."

"대표님은 공을 많이 던져보셨나 봅니다."

"던져봤죠. 쳐보기도 하고. 한때 레슨도 열심히 받았죠."

C는 집무실을 둘러보았다. 야구 용품이 진열되어 있었다. 이제야 대표와 야구를 연결 짓는 것에서 자신의 둔함을 느꼈다. 대표의 집무실에 야구용품이 새로 들어온 것이 아니라 원래 있던 것을 아침에 대표가 집어든 것이었다. 스윙을 연습하던 아침의 풍경이 눈앞을 스쳐갔다.

"몰랐습니다. 저는 소설에 전제된 설정을 의심 없이 따라가서 읽느라 그런 디테일을 생각할 수 없었습니다. 무조건 잘 때리는 것으로 설정이 돼 있으니까요."

"열심히 읽었다고 하더라도 야구를 해본 경험이 없으니 그 디테일을 잡기는 쉽지 않았을 것 같습니다."

"그럴 것 같습니다."

"수고하셨습니다. 좀 쉬고 계시면 새로운 글을 보내겠습니다. 나가셔도 됩니다."

"예. 알겠습니다."

C는 대답을 한 후 시계를 바라보았다. 오후 세 시였다. 변함없이 대표의 집무실에서 녹음 장치를 곁에 두고 대화를 한 것이었는데 녹음 장치가 부담스럽지 않았다. 다정함의 기원을 찾고 세속적 욕망의 기원에 대해 이야기하려면 야구만 이야기할

것이 아니라 야구를 하고 있는 사람의 인생을 이야기해야 한다
는 지적을 대표에게 추가로 건네고 싶었다. 다음에 기회가 오
면 하기로 하고 대표에게 인사를 했다.

리딩 룸으로 돌아갔다. 의자에 앉아 대표의 집무실 문을 바라
보았다. 음악을 듣거나 책을 읽고 싶었다. 그것은 회사에서 할
수 있는 일이 아니었다. 대표는 순수한 상태에서 글을 읽으라
고 했다. 책상에는 모니터와 마우스가 있었다. 본체는 없었고
외부와 연결되는 인터넷도 없었다. 리딩 룸은 시간만 흘러가는
진공 상태의 공간 같았다. C는 읽기 업무가 없을 때에는 막연
히 천장을 바라보았다. 그러면 시간이 흘러갔다. 시간이 흘러
가면 퇴근을 할 수 있었다.

눈을 감았다. 문득 이런 문장이 떠올랐다. '낮의 창에는 타인
의 얼굴이 비치고 밤의 창에는 나의 얼굴이 비친다.' 어느 날
퇴근길에서 느닷없이 '고양이 입양'을 검색할 때와 비슷했다.
고양이와 함께 살면 어떨까 하는 생각이 느닷없이 찾아왔듯이
'낮의 창에는 타인의 얼굴이 비치고 밤의 창에는 나의 얼굴이
비친다.'는 문장은 앞뒤 문맥 없이 머릿속으로 들어왔다.

C는 문장을 곱씹었다. 낮의 창, 타인의 얼굴, 밤의 창, 나의
얼굴……. 표절의 가능성을 생각했다. 대표로부터 할당 받은 소
설 속에서 튀어나온 문장이 자신의 뇌로 이전되었다면 그것은

표절이었다. 회사에 출근하기 전이었다면 그것이 창작 아이디어인지 타인의 문장인지 구별하기 쉬웠을 것이다. 새로운 소설을 쓰고 싶어서 창작 아이디어를 기다리다 보면 예고 없이 찾아와서 화두가 툭 떨어지곤 했다. 화두는 평소에 생각하고 있던 것과 연관돼 있어서 그것이 창작 아이디어인지 아닌지 구별하기가 편했다. 회사에 출근한 이후에는 너무나 많은 글을 읽었다. 너무 많은 글을 읽어서 어떤 문장이 자신의 문장인지 구별하기가 어렵게 되었다.

C는 머릿속을 간질이면서 꿈틀대는 '낮의 창에는 타인의 얼굴이 비치고 밤의 창에는 나의 얼굴이 비친다.'에 대해 생각했다. 문장의 앞뒤 정황이 모호했다. 낮의 창에는 타인의 얼굴이, 밤의 창에는 나의 얼굴이 비친다는 문장은 어디에서 왜 생겨난 것일까? 그동안 읽은 소설에서 영향을 받아서 생긴 문장인지 아닌지 확인하고 싶었다. 인터넷 검색창에 넣고 클릭을 하면 흔적을 발견할 수 있을 것이다. 그런데 리딩 룸에는 인터넷 연결이 안 되었다. C는 문장을 반복해서 되뇌었다.

화장실로 갔다. 문을 잠그고 변기에 앉았다. 지갑을 열고 비상용 메모지를 꺼냈다. 목걸이 삼아 걸고 다니는 소형 볼펜을 손에 쥐었다. 메모지에 '낮의 창에는 타인의 얼굴이 비치고 밤의 창에는 나의 얼굴이 비친다.'라고 적었다. 이상하게 기분이 날아갈 것 같았다. 무심하면 쉽게 놓쳐버렸을 문장을 순발력 있게 잡은 느낌이었다. '낮의 창에는 타인의 얼굴이 비치고 밤의 창에는 나의 얼굴이 비친다.' 쓴 문장을 읽고 또 읽었다. 낯선 문장을 암기하듯이 여러 번 읽었다. 그리고 다음에 어떤 문장을 붙이면 멋진 소설이 될지 궁리했다.

아무런 생각도 들지 않았다. 리딩 룸을 떠올렸다. 일하는 공간을 생각하자 절망이 찾아왔다. 모니터 뒤편 벽을 제외한 나머지 모든 면이 유리로 된 벽 속에서 대표의 감시를 받았기에 그런 생각이 찾아온 것이었다. 낮에는 읽기에 시달리고 밤에는 옥탑방에서 유리에 비친 자신을 보면서 창의력 없이 살아가는 하루를 원망하는 작가의 모습, 그것이 자신의 모습이었다. 낮의 창에는 타인의 얼굴이 비치고 밤의 창에는 나의 얼굴이 나타난다는 문장은 자신의 현재를 드러내는 문장이었다. 낮의 창은 리딩 룸의 유리벽이었고 밤의 창은 옥탑방 유리창이었다. 비참했다. 문장을 적은 메모지를 구겨서 휴지통에 버렸다.

화장실 칸막이를 바라보았다. 아주 깨끗했다. 옛날 방식의 낙서를 떠올렸다. 중학교를 졸업하기 전까지, 어느 화장실이든 벽은 자유로운 낙서판이었다. '교장, 개○○'는 아주 약한 수준이었다. 성별이 다른 종자가 들어와 휘갈겨놓고 간 흔적도 있었다. 토할 것 같았다. 스마트폰이 낙서장이 된 이후에 스마트폰은 움직이는 화장실 벽이 되었다. 휴지통에 구겨 넣은 문장을 떠올렸다.

낮의 창에는 타인의 얼굴이 비치고 밤의 창에는 나의 얼굴이 비친다. 버렸는데도 기억이 났다. 버릴 수 없는 문장이란 말인가? 다시 지갑에서 메모지를 꺼내어 빠르게 적었다. 반복해서 같은 문장을 적는 대신 '낮창타 밤창나'라고 줄여 적었다. 빨리 퇴근하고 싶었다. 대표가 없는 곳에 가서 머릿속에서 발생하는 문장을 받아 적고 싶었다. 대표의 전화를 받고 출판사에 와서 출근을 제안받기 전에는 머릿속에서 정전기 현상 같은 것이 일어나 문장이 발생하기를 기다리면서 옥탑방에서 불을 켠 채 창을 바라볼 때가 많았다. 별이 보이면 좋을 밤인데 언제나 창에는 자신의 얼굴이 비쳤다. 어둠 속에 들어가 있는 자신의 얼굴 실루엣은 적당히 보이고 적당하게 안 보여서, 보일 부분은 보이고 가려질 부분은 가려져서 기분 좋게 만드는 추억을 상기하는 기분이 되었다. 어둠 속의 얼굴은 자신의 얼굴인 것도 같고 타인의 얼굴인 것도 같았다. 자신과 타인이 반반 섞인 유리창 속의 얼굴을 좋아했다. 낮의 창에는 타인의 얼굴이 나타나고 밤의 창에는 나의 얼굴이 나타난다. 출근 전에 밤을 즐겼던 순간이 그리웠다. 이 문장에 이어서 어떤 문장을 쓰면 좋을까?

자신의 소설을 상상하고 있어서 그랬는지, 아니면 자신이 좋아하는 옥탑방 창 속의 얼굴을 떠올려서 그랬는지, C는 자신도 모르게 눈을 감고 있었고 얼굴에는 빙그레 웃음이 돌았다.

화장실에서 자유를 누리다가 리딩 룸으로 돌아왔다. 눈을 감앉다. 소설과 상관없이 상념에 빠져보고 싶었다. 리딩 룸은 답답했다. 상념조차 찾아오지 않았다. C는 우스개로 '어떤 상념'에 빠져야 할지 '길'이 잡히지 않는다고 생각하면서 스스로 웃었다. 생각에 길이 없기에 상념이라고 부르는 것인데 그런 상념에 빠질 수 있는 길이 없다고 생각했다는 것 자체가 아이러니였다. 직장에 출근해서 유리벽에 갇힌 뒤에 기계적으로 읽고 사고하면서 생긴 스트레스의 영향이었다.

상념도 찾아오지 않고, 할 게 아무것도 없었다.

잠시 후 새로운 소설이 도착했다.

같은 기원에서 시작한 다른 소설

마우스로 화면을 움직였다. 콘텐츠를 열었다. 첫 문단을 읽었다. 대표의 집무실에서 얘기를 마친 야구 소설이었다. C는 오류로 같은 파일이 재전송된 것이 아닌지 의심했다. 읽기 완료 버튼을 누른 소설은 툴에서 사라졌다. 툴에 들어 있는 것은 새로 보냈다는 파일 하나였다. 이전 파일이 없으니 지금의 파일과 비교하는 것이 불가능했다. 대표에게 인터폰으로 연락하기 전에 먼저 문장을 점검하기로 했다.

첫 문장의 느낌이 새로웠다.

자세를 잡고 페이지를 넘겼다.

시작이 같은데 이야기가 다르게 진행되었다.

대표의 지시를 따르기 위해 열심히 읽었다.

소설의 문장은 충격을 주었다. 시작이 같지만 스타일이 다를 뿐만 아니라 이야기의 전개가 확연히 달랐다. 알레스, 어디에 갔다 온 거니? 같은 문장은 전에 없었다. 알레스는 헬멧에 장착된 컴퓨터의 이름이었다. 컴퓨터에게 이름을 붙여주기로 하자는 제안은 C가 냈다. C는 '가령 알렉스'라고 말했다. 이름을 붙여주자는 의미였다. 수정한 사람은 그 알렉스를 가져다가 '알레스'로 바꾸었다. 기분이 묘했다. 시계를 보았다. 삼십 분이 흘렀다. 삼십 분 동안 누군가 소설을 수정했다.

C의 입에서 "아!" 하는 탄식이 나왔다.

C는 비참했다.

누군가 장막 너머에서 이렇게 열심히 소설을 고치면서 고민하는 동안 자신은 화장실에서 누린 잠깐의 자유에 행복을 느끼고, 리딩 룸에 앉아서 상념에 길이 있는지 없는지를 우스개로 생각하면서 모니터 따위나 뒤적였다는 생각에 자괴감이 들었다. 작가로서 자존심이 상했다. 자신이 월급을 선불로 받은 후 창작 뇌를 제거한 상태에서 '읽기 노동'을 하는 동안 다른 누군가는 대표의 조언을 들으면서 소설을 고치고 또 고친 것이다. 대표가 대화를 녹음하는 데에 그런 이유가 있는 것이다.

C는 자신이 강평한 모든 소설에 대해 그것을 쓴 작가가 수정하는 데에 골몰하고 있다고 생각하니 당장이라도 일을 그만두고 싶었다. 대화를 나눌 때에 진심을 쏟은 것도 후회되었다. 거

지 같은 글을 읽고서 고치면 좋을 방향에 대해 얘기하다가 창작물로 쓸 만한 아이디어가 생각났을 때 즉각적으로 대표에게 말하곤 했는데 누군가는 그 아이디어를 아이스크림 떠먹듯이 한입에 넣고 단맛을 느꼈던 것이다. 어차피 자신이 쓸 수 있는 종류의 아이디어가 아니라 생각하고 아무렇지도 않게 말했던 것인데 그 대화를 듣고 있다가 단꿀을 빨아먹는 존재가 있었다고 하니 배가 아팠다.

C는 혀를 내둘렀다.

소설은 대표의 입맛에 맞는 소설로 바뀌었다. 타자가 투수의 뇌를 스캔해서 공이 날아올 궤적을 예상했음에도 불구하고 배팅을 이상적으로 가하지 못해서 타격에 실패한다거나, 투수의 실투가 타자로 하여금 헛스윙을 하게 만든다는 등의 이야기가 새롭게 등장했다. 수정 지시를 받은 작가가 대표의 의중을 반영해서 만들어 넣은 것이다.

C는 대표의 집무실을 떠올렸다. 대화가 음성 파일로 전환되어 실시간으로 전송되는 것 같았다. 합숙을 하는 창작 집단이 떠올랐다. 그들은 서브 작가 여러 명이 자신에게 주어진 수정 범위를 책임지고, 피라미드의 꼭대기에 층에 있는 메인 작가가 수정 사항을 검토해서 대표에게 전송하는 시스템을 갖춘 것 같았다. 그렇다 해도 삼십 분이라는 시간은 놀라웠다. 도대체 몇 명의 서브 작가가 베이스를 담당하기에 이토록 빠르게 고칠 수

있단 말인가. 메인 작가가 한 번 스킵해서 확인하는 데에도 삼십 분은 걸릴 텐데!

마우스를 쥔 C의 손에 땀이 났다.

투수와 타자의 대결이 시작되었다. 투수는 자신의 실수로 인해 평범해진 투구가 타자의 헛스윙을 유도하는 데에 성공한다는 사실을 깨달았다. 경기의 승패가 결정 나는 한 번의 투구가 남은 순간 직전에 얻은 깨달음이었다. 관중석의 열기는 어느 때보다 뜨거웠다. 투수는 고민에 빠졌다. 일부러 실수를 할 것인지 전력을 다해 이상적인 투구를 실현할 것인지 선택의 기로에 섰다. 실수와 이상적 투구 두 가지 모두 타자와의 싸움에서 이길 수 있는 길이었다. 그러나 실수가 헛스윙을 유도한다는 자신의 느낌에 확신이 들지 않았고, 뇌가 원하는 궤적을 실현할 수 있는 이상적 투구를 펼칠 수 있는지에 대해서도 확신이 서지 않았다. 투수는 정신의 백지 상태에 도달하기 직전이었다. 타자의 헬멧 위에 앉은 알레스는 투수의 뇌를 읽었다. 투수가 의도적으로 실투를 할 가능성을 계산했다. 실투는 날아오는 궤적을 예측하기 힘들었다. 투수는 자신의 이름을 부르면서 공을 던졌다. 마돈나! 이후에 어떻게 됐을까? C는 어지러웠다. 분명히 자신의 이름을 부르면서 공을 던진다고 문장이 돼 있었다. 그런데 마돈나였다. 남자의 이름이 마돈나? 에러인가?

C는 소설을 처음부터 다시 훑었다. 마돈나와 알레스의 성별

을 점검했다. 소설에는 성별을 나타내는 표식이 없었다. 문장은 모두 그들이 남자여도 되고 여자여도 되었다. '그녀는'이라는 말이 없고 '그는'이라는 말이 없었다. 그냥 '사람'이거나 '선수'였다. 팀은 혼성이거나 여성인 것 같았다.

C는 한동안 멍한 상태에 있다가 피식 웃었다. 대표가 이렇게 말하는 것 같았다. 왜 남자 야구만 생각해요? 알렉스를 알레스로 바꾼 이유도 짐작되었다. 알렉스는 남자의 이름이었다. Alex의 x를 s로 바꾸니 소설이 완전히 달라지고 C는 눈앞의 세상도 분위기가 확 달라지는 걸 느꼈다. 누가 쓰든 건강하게 바뀐다면 변화를 위해 즐겁게 일할 수 있을 것 같았다. 대표가 마돈나 같은 이름으로 클리셰를 꾸미도록 지시하고 알레스라는 이름으로 C의 뜻을 반영해준 것 같아서 C는 고마움을 느꼈다. 강압적으로 바꾸려 했다면 알렉스에서 아주 동떨어진 이름으로 바꾸었을 것이다. 이것은 여자 야구였다. 아닐 수도 있었다. 알레스는 남성도 여성도 아닌 듯했다.

결말은 열려 있었다. 투수가 던졌다고만 했지 어떤 투구를 던졌다고는 말하지 않았다. 그래서 투수가 자신의 이름을 부른 것이 충격이었다. 마돈나! C는 사소하게 이름을 들은 일에 자신이 충격을 받았다는 사실을 밝히기 쑥스러웠다. 대표와 대화를 하기 위해 소설을 한 번 더 읽었다.

C는 관례를 깨고 인터폰으로 대화를 요청했다. C가 읽기 완료 버튼을 누르면 대표가 대화 시작 시각을 결정하는 것이 관례였다.

대표가 말했다.

"용건은요?"

"다 읽었습니다. 대화를 하고 싶은데 빠르면 좋을 것 같아서요."

"다른 파일도 전송했습니다."

"다른 파일요?"

"예. 마저 읽고 대화하기로 하죠."

"잠깐만요, 끊지 말고 기다려줄 수 있나요? 파일 확인하겠습니다."

C는 인터폰이 연결된 상태에서 파일을 확인했다. 세 개의 파일이 눈에 들어왔다. C가 말했다.

"파일이 세 개가 왔습니다."

대표가 말했다.

"네. 맞습니다."

"모두 장편소설인가요?"

"열어보시면 압니다."

"언제까지 읽으면 되나요?"

"능력 되는 대로."

"알겠습니다. 모두 다 다른 파일이라고 하셨죠?"

"그렇습니다. 흥미로울 겁니다."

"네. 알겠습니다."

C는 대화를 끝낸 후 인터폰을 끊었다.

방금 읽기를 끝낸 파일까지 합하면 모두 네 개였다.

메모가 필요할 것 같았다. 그런데 대표는 메모를 하지 말라고
했다.

C는 읽기 모드에 들어가기 전에 마음을 다잡았다.

기억력을 확장하기 위해 지금까지 읽은 소설을 머릿속에서
불러왔다. 우주복을 벗자 몸이 찢어져서 죽는 이야기, 야구 선
수가 묻지 마 살해를 하는 이야기, 군인들이 적의 도시를 점령
하는 이야기, 묻지 마 살해범이 딸의 복수를 대신하는 이야기,
버지니아 울프 같은 이야기. C는 문득 주인공들에게 성별이 없
었음을 깨달았다. 우주복을 벗자 몸이 찢어져서 죽는 이야기는
습관적으로 이성애를 떠올리게 했을 뿐, 성별 표지가 없었다.
오븐에 들어가 스위치를 켜는 야구 선수를 남성이라고 단정한
것, 적의 도시를 점령하는 군인들을 남성이라고 단정한 것, 모
두 습관적인 사고였다. 아닐 수 있었다. 딸의 복수를 우연히 대
신하는 묻지 마 살해범 역시 남성이라고 단정하는 것은 틀에
박힌 구습이었다. 딸을 폭행하려다가 죽는 사람의 성별이 남자
인 것은 맞았다. 아버지라고 돼 있었다.

여자가 남자를 죽이는 소설일 수 있었다. 살인, 살인, 살인……. 토가 나올 정도로 많았던 살인은 모두 여자가 남자를 죽이는 이야기였을 수 있다는 생각을 하니 기운이 났다. 무언가 색다른 주제에 빨려드는 기분이었다. 여군이 도시를 점령해서 남자들을 살해한다. 그렇게 따지면 굉장히 전복적인 소설이었다.

C는 대표에게 인터폰으로 통화를 요청했다.

대표가 말했다.

"네. 작가님. 용건은요?"

"혹시 대표님은 성별에 대해 관심이 있으신가요?"

"무슨 말씀이세요?"

"지금까지 읽은 소설에서 나온 주인공들 말이에요."

"왜요?"

"혹시 여성인가요? 그렇게 설계돼 있을까요?"

"그거야 읽는 사람이 판단하게 돼 있죠. 남성으로 읽혔어요?"

"그냥 습관적으로……."

"아, 그래서 힘들게 읽으셨구나. 저는 여성이라고 설정했다고 들었어요."

"왜 얘기 안 해주셨어요?"

"그걸 왜 얘기를 해야 해요?"

"아니, 그냥……."

"편견을 깨세요. 여자면 성별을 밝혀야 하고 아니면 남자라고 생각하고, 그건 작가님 수준에서 그러실 일이 아니죠. 그게 궁금해서 통화 요청하셨나요?"

"네."

"편히 생각하세요. 통화 끊겠습니다."

"네."

C는 대표에게 한 대 얻어맞은 기분이 들었다. 지난 소설들을 다시 읽고 싶었다. 자신이 남성이라고 습관적으로 받아들인 인물들을 모두 여성으로 바꾸어서 이야기의 틀을 새롭게 정리하고 싶었다. 그러나 툴에는 지난 소설이 남아 있지 않았다.

C는 유리벽을 통해 대표를 바라보았다. 야구 레슨을 받을 때 무슨 생각을 했을까? 알레스와 마돈나. 대표가 붙인 이름일 수 있을 것이다. 이 소설들에서 대표는 여자 야구를 생각하고 있을 것이다.

새로 들어온 소설을 열었다. 성별에 집중해서 읽어볼 계획을 세웠다.

이번에도 야구 소설이었다. 방금 읽은 소설과 마찬가지로 '알레스'가 등장하는 소설의 변형이었다. C는 성별에 집중해서 읽어볼 계획을 세웠음에도 불구하고 자연스럽게 모든 인물을 남자라고 생각했다. 습관의 힘은 참으로 대단했다. C는 성별을 잊어버린 채 이야기에 빠져들었다.

소설에서는 훔친 타자, 그러니까 머리에 총을 쏘았던 타자가 죽지 않고 소생해서 다시 타석에 들어섰다. 부활의 이야기이지만 부활의 이야기가 아니었다. 죽은 적이 없는데 어떻게 부활이라고 할 수 있겠는가. C는 병실에서 총을 쏜 행위를 자살로 이해했던 자신의 독법을 반성했다. 총을 쏘았다고 해서 반드시 죽는 것은 아니다. 죽었다가 다시 살아나는 이야기가 아니라 총에 문제가 있어서 죽지 않았다는 이야기로써, 이 이야기 역시 매력적이었다.

훔친 타자에게는 어쨌거나 두 번째 삶이었다. 타자는 두 번째 인생을 선물받았다는 듯이 착하고 성실한 방향으로 태도를 바꾸었다. 컴퓨터 헬멧을 이용해 엄청난 성적을 거두는 동료를 보면서 컴퓨터에 의해 수단화된 인간을 생각했다. 자신은 그 동료와의 경쟁에서 사람에게 지는 것이 아니라 컴퓨터에게 지는 것이니 절망할 필요 없다고 생각했다. 헬멧을 훔쳐야겠다는 생각은 하지 않았다. 타자는 절망하지 않았다. 절망적인 상황 속에서 힘을 얻었다. 자신에게 맞는 타법을 개발하려고 노력했다. 결승전 경기가 열리는 날이 되었다. 타자는 눈이 좋았다. 볼을 잘 골라서 포볼로 출루했다. 다음 타석에 알레스 헬멧을 쓴 타자가 들어섰다. 1루에 머물러 있던 타자는 알레스 헬멧을 쓴 동료가 홈런을 칠 거라 예상했다. 컴퓨터는 실수하지 않을 것이라 생각했다.

타자는 1루 베이스를 깔고 앉았다. 1루 쪽 관중들이 각양각색으로 반응했다. 야유하는 사람도 있었다. 베이스에 앉는 것은 야구에서 반칙이 아니었다. 심판이 타자를 제제할 수 없었다. 타자는 앉아서 관중에게 손을 흔들었다. 어차피 홈런이 나오게 돼 있으니 자신이 무엇을 하든 자신에게 맞는 야구를 하는 것이 중요하다고 생각했다. 투수가 공을 던졌다. 장외 홈런이 나왔다. 타자는 일어나서 엉덩이를 털었다. 2루, 3루 베이스를 차례로 밟았다. 홈플레이트에 서서 관중에게 손을 흔들었다. 소설은 그렇게 끝이 났다.

C는 마우스를 놓았다.

어떻게 이런 상상을 하게 됐을까? 참 다정한 소설이다! 소설을 훑어보면서 슬며시 웃었다. 문득, 베이스에 앉아 있다가 홈런을 본 후 천천히 걸어가는 선수의 모습에 자신의 얼굴을 오버랩시켜 보았다. 원래 악인이었던 소설 속의 선수가 만들어내는 반전이 흐뭇했다. 선수는 처음부터 악인이 아니었다. C는 선수가 1루 베이스를 엉덩이 아래에 깔고 앉듯이 푹신한 소파에 엉덩이를 대고 앉았다. 몸에게 휴식을 주었다.

다른 소설을 열었다.

이번 소설도 야구 소설이었다.

이번에는 알레스를 타자와 투수가 사용했다. 타자와 투수는 상대가 알레스를 사용하고 있다는 사실을 알지 못했다. 둘은 공평히 균등하게 알레스를 사랑했고 다정했다. 딱딱한 헬멧 안에 갇혀 있던 알레스는 각막에 끼우는 렌즈의 형식으로 외형이 달라졌다.

어느 날 우연히 투수와 타자는 상대가 컴퓨터를 사용한다는 것을 알았다. 투수는 빈볼을 던져서 타자의 컴퓨터를 위협하려 했다. 타자는 빈볼을 예상한 후 피했다가 배트를 들고 투수에게 뛰어갔다. 투수와 타자의 혈투가 벌어질 상황이었다. 그런데 서로가 서로의 뇌를 읽었으므로 투수와 타자는 맞고 때리기 전에 멈추었다. 싸움은 유리벽을 사이에 두고 벌이는 다정한 수화 같은 대화로 이어졌다. 투수가 뇌 속에서 인간 타자에게 미안하다고 말했다. 투수의 뇌를 읽은 타자의 컴퓨터는 타자에게 투수가 미안하다는 말을 했다는 사실을 전달하기 전에 미안하다는 말이 진심인지 거짓인지 분석했다. 이후 소설은 진정한 사과에 필요한 조건이 무엇인지 컴퓨터끼리 다투는 이야기로 변했다. 황당한 전개였다.

마지막 파일 역시 야구 이야기였다. 이 소설에서는 모든 선수가 알레스를 이용했다. 선수들은 구장에 들어서기 전에 알레스를 착용했다. 알레스는 하나의 의상이 되었다. 기능과 성능은 균등했다. 수비수는 타자가 공을 치기 전에 공이 떨어질 위치에 가 있다가 타자를 아웃 시켰다. 잡을 것이냐 말 것이냐. 선택을 내리면 선택에 의해서 결과가 완성되었다. 수비수가 아홉 명이고 공격수가 한 명이므로 경기에서는 수비 팀이 유리했다. 동료가 잡지 않으려고 게으름 피우면 옆의 동료가 달려가서 잡았다. 알레스가 모든 경우의 수를 제시했기에 가능한 방법이었다. 그러자 경기에 긴장감이 사라졌다.

관객들이 경기 방식에 이의를 제기했다. 관객도 컴퓨터를 사용해서 응원하는 팀의 전술 수립에 개입할 수 있게 해달라고 청원했다. 야구 운영위원회에서는 구단의 자유의사를 존중해서 결정 권한을 구단 측에 넘겼다. 구단은 자율적으로 규칙을 세웠다. 야구 경기는 정치인을 뽑는 선거처럼 형태가 변했다. 비민주적 구단에서는 관중, 감독, 선수, 구단주 등이 각각 다른 비중의 투표권을 행사했다. 야구의 역사에서 등장했던 온갖 종류의 전술이 등장했고, 전술을 채택하기 위한 경쟁에서는 온갖 종류의 정치 형태와 선거 제도가 등장했다. 가장 복잡한 것은 민주주의였다. 전통적인 야구에서 전술을 최종적으로 결정했던 감독은 전술에 대해 발언할 기회는 많았으나 실제 전술을 결정하는 투표에서는 다른 구성원과 동등한 자격인 한 표의 권

리만을 행사할 수 있었다. 감독 중 일부는 사령탑의 주인으로서 결정권한을 되찾기 위해 노력했고, 일부는 바라는 대로 이루어지지 않는 현실을 비관하며 자살을 시도했고, 어떤 일부는 야구장을 떠났다. 소위 '소설 쓰고 앉아 있네'라고 말할 때의 그 '소설 같은' 이야기였다.

대표를 만나기 위해 생각을 정리했다.

처음 도착한 파일을 포함해서 네 개가 된 파일은 모두 같은 기원에서 시작한 다른 소설이었다. 첫 수정본이라는 느낌을 준 소설을 읽을 때는 삼십 분 만에 대표의 의중을 반영해서 소설을 수정했다는 사실에 감탄했는데 여러 수정본을 읽으니 그것은 수정한 것이 아니라 여러 버전 중의 하나였다는 생각이 들었다. 이렇게 민첩하게, 이렇게 재빨리 소설을 수정할 수 있는 사람은 없어. 이건 대표가 쓴 글일지 몰라. C는 상상을 이어갔다. 대표는 자기의 소설을 변호하기 위해 대화를 했던 것인데 내가 AI가 쓴 것처럼 도식적이라고 비난했으니 자존심이 상했을 거야. 대표는 자기 입맛에 맞는 버전을 가지고 있다가 얕잡아 보이지 않으려고 대화를 먼저 해서 자기의 뜻을 밝힌 다음 그 뜻에 주목해서 읽어봐 달라고 부탁한 것일 수 있어. 삼십 분 만에 장편소설을 수정한다는 것은 말도 안 돼. 의뭉스런 인간!

의외의 욕망을 잘 다스리시는군! C는 대표를 다정하게 대하기로 했다.

C는 인터폰을 눌렀다. 대표가 인터폰을 받았다. 대표가 말했다.

"작가님, 아직 퇴근을 안 하셨습니까?"

"소설 읽다가 재미에 빠져서요."

"재미있다니 다행입니다. 소감이 궁금하네요."

"저녁 시간이 지났는데 대표님 괜찮으시면 맥주 마시면서 얘기 나눌까요? 일 시작한 뒤부터 대표님과 맥주 한잔 마시고 싶었는데 한 번도 말씀 못 드렸어요."

"일은 회사에서 해야죠. 저는 퇴근 못 합니다. 제 방으로 오시죠."

"네. 알겠습니다."

C는 자리에서 일어났다.

대표의 집무실로 들어갔다.

대표는 약간 상기된 얼굴이었다. 대표를 창작 욕망을 지닌 선배로 바라보자니 약간 어색했다. 대표가 녹음 버튼을 누르면서 말했다.

"시작합시다."

"네. 알겠습니다."

C는 강평을 시작했다.

"네 편의 작품이 모두 특징이 다른데 각각 장점이 있습니다. 그런데 알레스라는 이름이 마음에 드셨나요?"

"왜요?"

"컴퓨터 헬멧에 이름을 붙여주면 좋을 것 같다고 말씀드렸잖습니까. 그때 제가 제안했던 이름이 알렉스였는데, 알레스라고 고치셨더라고요."

"그랬던가요? 재미있네요."

"대표님이 하신 것 아니에요?"

"아니에요. 우연인가 보네요."

"우연치고는 좀 많이 이상한 우연 같네요. 아무튼 알레스가 투수의 공을 예상해서 보여주지만 타자가 백 퍼센트 타격에 성공하지는 않는 것, 대표님께서 말씀하신 야구의 미학이 잘 표현된 것 같습니다."

C는 그런 식으로 네 개의 소설을 모두 이야기했다. 한 줄로 줄여 말하자면 투수가 자기 이름을 부르는 이야기, 훔친 타자가 베이스에 앉아서 웃는 이야기, 투수와 타자의 컴퓨터가 사과의 진정성에 대해 분석하는 이야기, 민주주의 야구 이야기 등이었다. 대표가 말했다.

"작가님은 어떤 이야기가 마음에 드십니까?"

"글쎄요. 취향 문제라서."

"그러면 아쉬운 점은요?"

"너무 야구 이야기만 한다는 점을 말씀드릴 수 있을 것 같습니다."

"너무 야구 이야기만 해서 문제될 건 뭘까요?"

"가령 투수가 자기 이름을 부르는 이야기에서 말입니다. 경기장 바깥의 인생이 있으면 좋겠습니다. 투수는 어떤 삶을 살았고 타자는 어떤 삶을 살았는지 보여주는 겁니다. 볼 하나가 경기장 바깥의 어떤 인생에 어떤 영향을 미치는지, 아이의 병원비라거나 부모님의 목숨이 걸려 있다거나, 그래서, 마지막 한 투구의 의미에 집중한다면 훌륭하지 않을까요? 이기고 지는 야구의 질서에만 매진할 것이 아니라."

"왜 하필 아이의 병원비, 부모의 목숨, 이런 거예요?"

"그냥. 클리셰예요. 아무렇게나 떠올려본."

"그러니까 경기를 결정하는 것이 야구가 아니라 지나온 인생 역정이 된다는 식인 거죠?"

"야구 바깥 이야기가 야구 이야기보다 크다면 그렇게 되겠죠. 균형을 맞추면 두 가지를 조화롭게 만들 수 있습니다."

"투수 이야기에서, 인간과 컴퓨터의 대결에서 인간이 이기는 것은 우연에 의지할 때만 가능하다는 테마에 대해서는 어떻게 생각하십니까?"

"그렇다면 마지막에 의도적인 실투를 해서 이긴다는 말씀이신가요? 결정을 내리지 않는다면 힌트라도 남기는 것이 어떨까요? 투수가 결정을 안 하는 게 아쉬워요. 인생도, 소설도, 결국은 한 번의 선택입니다. 결말에서 작가가 결정을 해야 하는데요."

"선택의 어려움을 형상화한 것이라 할 수 있지 않을까요? 컴퓨터를 속이는 방법을 고민하다가, 그것이 얼마나 어려운지."

"독자는 원하잖아요."

"뭘요?"

"작가의 선택 말입니다."

"위험부담이 따르겠죠. 결정적으로 한 가지를 선택한다면."

"그래서 작가가 외로운 것이고, 그것이 작가의 운명입니다. 독자가 어떤 선택에 더 열광할지를 생각 안 할 수 없지만, 그것에만 의지해서 결정을 한다면 그건 독자에게 아부하는 꼴이 됩니다. 자신의 신념과 판단에 의해서 결정을 해야 해요. 자신의 판단이 일반적인 상식에서 벗어난다고 생각될 때, 그것이 설득력을 가질 때는 뿌듯하지만 스스로 설득력이 없다고 판단되면 심장이 쪼그라들죠. 위험부담을 안기 싫은 작가는 독자가 알아서 판단해주기를 바라는 결말로 소설을 끝냅니다. 하지만 독자는 그런 작가를 원하지 않죠. 세상에 작가는 많고, 독자는 자신의 취향에 맞는 작가를 골라 읽으니까요. 작가를 이해해주기 위해 시혜적으로 책을 읽는 독자는 이 세상에 없을걸요?"

"결말을 잘못 써서 전체가 망가지더라도 작가는 선택을 해야 한다?"

"그렇죠."

"독자로부터 외면당할지라도?"

"돈을 벌고 싶은 작가는 판매 부수를 염두에 두고 선택하겠죠. 정치를 하고 싶은 작가는 자신이 발탁될 수 있는 당의 이익을 염두에 두고 선택하겠죠. 거기에서 이데올로기가 드러나는 겁니다."

"무엇에 의해서 선택을 하게 되는 거죠?"

"영혼."

"작가님은 그렇게 글을 써왔나요?"

"제가 그렇게 한다는 뜻이 아닙니다. 이상적인 모델을 생각하자면 그렇다는 것입니다."

"그건 아이디얼이죠. 현실적으로는 마감 시간에 밀려서 때우는 것이 작가의 운명입니다. 원고를 독촉하는 편집자의 전화가 언제 걸려오느냐에 따라 결말이 달라진다고 해야겠죠."

"그런가요? 그게 현실일 것 같네요. 대표님은 어떤 이야기가 제일 마음에 드십니까?"

질문을 던져놓고 대표의 표정을 관찰했다. 대표는 자신이 없어서 수줍어하는 표정을 지었다. C는 무심한 척 천장을 올려다보았다. 왠지 모르게 밤의 창과 낮의 창을 대조시켰던 메모가 떠올랐다. '낮의 창에는 타인의 얼굴이, 밤의 창에는 나의 얼굴이 나타난다.' 이 문장은 왜 찾아왔을까? 낮은 어떤 낮이고 창은 어떤 창이고 타인은 어떤 타인이고 얼굴은 어떤 얼굴이며, 밤은 어떤 밤이고 창은 어떤 창이고 나는 어떤 나이고 얼굴은 어떤 얼굴이며, 나타난다는 것은 어떻게 나타난다는 뜻일까? C는 골똘하게 생각할 수 있는 시간이 있으면 좋겠다고 생각했다.

AI에게 계산해보라고 한다면 AI는 '창을 바라보는 주체는 방의 양쪽 벽에 해먹의 끝을 연결해서 걸어놓고 그곳에 누워 창밖을 바라보는 여자'라는 결과를 산출할지도 모른다. C는 더운 나라에 가서 그물 침대를 걸어놓고 책을 읽었던, 지난밤의 꿈을 떠올렸다. AI는 모든 가능성에 대해 계산을 할 것이므로 더운 지역의 리조트에 걸려 있는 해먹에 누워 창을 바라보는 실제의 사진을 소설에 끌어올 수 있을 것이다. C는 대표의 집무실에서 고개를 돌려 리딩 룸을 바라보았다. 투명 유리벽 속, 책상 위에는 모니터와 마우스가 놓여 있고, 책상 주변에는 의자가 다섯 개 놓여 있었다.

혹시 이 자리에서 매일 유리벽 속의 나를 관찰하는 것일까?

C는 대표를 계속 바라보았다.

대표는 말이 없었다.


C는 1루 베이스에 엉덩이를 대고 앉아서 투수와 타자를 바

라보는 소설의 인물을 떠올렸다. 원래는 헬멧을 훔치는 절도범이었고, 자기의 머리에 총을 쏘는 자살 희망자였다. 그런데 수정된 소설에서는 헬멧에 들어 있는 알레스라는 AI를 인정한 후 인생을 자기가 조정하고자 노력하게 되었다. C는 큰 매력을 느꼈다. 관중이 환호하는 경기장에서 베이스를 깔고 앉아 몸에게 휴식을 주는 장면은 야구를 초월한 이야기로 소설을 승격시켰다. C는 그 인물을 생각하면서 대표에게 말했다.

"병실 침대에서 머리에 총을 쏘았지만 살아나는 소설은 코믹하면서 재치가 있었어요. 원래 읽었던 소설에서 주인공이 바뀌었잖아요. 자살한 줄 알았는데 안 했고. 컴퓨터를 쓰는 선수에 앞서서 홈플레이트를 밟고 관중의 박수를 받는 결말이 후련했어요. 적당히 가벼우면서 재미도 있고 의미도 있는 것 같아요. 컴퓨터를 쓰는 선수가 홈런을 쳤는데 플래시를 많이 받는 선수는 베이스에 엉덩이를 깔고 앉아 있던 앞 주자라는 설정, 뭔가 의미심장한 것 같습니다."

"디테일을 좀 자세히 얘기할 수 있습니까?"

"인생의 비밀을 알게 된 주인공이 초연하게 걸어서 홈플레이트를 밟고 손을 흔드는 장면이 압권이었어요. 홈런을 친 선수가 앞 주자에게 빨리 뛰라고 압박을 넣습니다. 주자는 홈런을 친 선수의 말을 듣지 않습니다. 아주 느리게 걷습니다. 그러자 알레스가 홈런을 친 선수에게 이렇게 말합니다. '앞 주자를 앞

질러서 홈플레이트를 먼저 밟으면 아웃이야! 너도 천천히 걸어야 해!' 알레스의 계산에 따르면 홈런을 쳐놓고도 아웃이 될 수 있는 것이 야구인 거예요. 홈런을 친 선수는 멋지게 세리머니를 하고 싶었죠. 그런데 앞 주자 때문에 할 수가 없게 됩니다. 앞 주자가 걸어가니까 뛸 수가 없는 거죠. 앞 주자는 여유롭게 걷습니다. 관중들의 환호는 그 주자에게 집중되고요. 문장을 잘 다듬어서 시장에 내놓으면 성공할 것 같습니다."

"작가님께서 시장을 어떻게 알겠습니까?"

"제 느낌입니다."

"시장 분석은 제가 알아서 할 테니 작가님은 소설 소감만 말씀하셔도 됩니다. 시장은 단순하지 않아요. 시장을 너무 쉽게 생각하시는 경향이 있네요. 그건 그렇고, 이 이야기에서는 인간이 컴퓨터를 이긴다고 할 수 있나요?"

C는 대표의 말을 듣고 기분이 나빴다. 대표의 태도에서 '너는 시키는 대로 읽기나 해.'라는 노예 취급을 당한 것 같았다. '내가 지금 누구를 위해서 소설을 읽고 있는지 넌 잊었니?' C는 대표에게 쏘아붙이고 싶었다. 하지만 C는 시장을 운운할 자격이 없었다. C는 잠깐 생각할 시간을 가진 후 대표의 물음에 대답했다.

"인간과 컴퓨터의 대결입니까? 인간이 컴퓨터를 이기기는 힘들겠죠."

"대결을 피할 수는 있지만 이길 수는 없는 게 인간이죠."

"그럴 것 같습니다. 마냥 피할 수는 없는 게 인간이고요. 그런데 이렇게 생각해볼 수 있을 것 같습니다. 컴퓨터하고 대결해서 이기기는 힘들지만 경쟁을 초월하기는 가능할 것 같다는 생각이 들어요."

"무슨 얘기죠?"

"야구의 룰 안에서 화려하게 마이너가 되잖아요. 룰이 있으니까 타자는 홈런을 쳐놓고도 앞 주자보다 먼저 홈플레이트를 밟을 수 없잖아요. 미적으로는 경쟁을 무화시키는 매력이 있잖습니까. 컴퓨터가 인간을 이길 것임을 알고 베이스에 엉덩이를 대고 앉아서 홈런을 기다리는 주자처럼 얽매인 것에서 훌쩍 벗어난 초월을 보인다면…… 잘 모르겠습니다, 말이 잘 안 풀리네요. 어쨌든 경쟁을 피할 방법은 초월인 것 같습니다. 대표님 생각은 어떠신가요?"

"초월이라는 말은 조심해야 해요. 가령 여성과 남성이 있다고 했을 때, 평등 문제로 부딪힐 때, 초월을 먼저 이야기하는 사람은 어떤 사람일 것 같아요?"

"경계를 없애자고 하는 것요?"

"네. 맞아요. 경계를 초월하자고 말하는 사람들이 있잖아요. 저는 반대합니다. 있는데 어떻게 없다고 하겠습니까. 성이 있잖아요. 작가님한테도 있고 나한테도 있고. 성이 있는데 어떻게 경계를 없앨 수 있겠나요? 초월을 이야기하는 사람들은 지친 사람들이죠. 아니면 평등에 관심이 없거나."

"그런 것 같아요."

"경쟁을 피하기 위해 초월한다는 발상도 그래요. 피한다는 것 자체가 소극적이고 패배적으로 들리네요. 초월은 후퇴가 아니잖아요."

"그런 것 같습니다."

"내가 너무 가르치는 태도를 취하고 있나요?

"아닙니다. 그런데 대표님!"

"네?"

"지난번 AI가 썼다고 한 원고 말입니다, 출간 의뢰 받았다는 원고 말입니다."

"네."

"저 한 번 더 보여주세요. 지나간 소설들도 성별을 생각하면서 다시 읽어보고 싶어요. 리딩 툴에 불러오기 기능을 만들어주시면 간단하지 않나요?"

"그 얘기는 저도 모르는 얘기입니다. 완료 버튼 누르면 어디로 파일이 날아가는지 저도 몰라요. 피곤하네요."

"주인공들을 여성이라고 생각하고 나니까 다른 소설들도 다시 한번 보고 싶어졌어요. 그러면 안 되나요?"

"저도 알 수 없는 일입니다. 그날그날 소설을 읽으면 되는 거예요. 우리는."

대표가 말했다.

C는 '우리'라는 말에서 움츠러들었다. 단호한 거절로 들렸다. 다시 부탁하지 말라는 요청으로 들렸다. C는 집무실에서 나왔다.

기계가 쓴 문장인지
사람이 쓴 문장인지

C는 새벽에 침대에서 일어나 날짜를 헤아렸다. 재계약을 해야 하나 말아야 하나 결정해야 할 때였다. 돌이켜 보니 피곤만 남았다. 일주일에 이틀이나 사흘만 일하고 나머지 시간에는 집에서 글을 쓰면 좋겠다. 그런 직장은 없는 것일까? 모든 게 착각이었다. 글을 읽으면서 월급을 받는다면 공돈에 가까울 거라는 생각, 가장 큰 착각이었다. 그리고 육체적인 피로에 대해서는 상상도 하지 않았다. C는 육체적으로 너무너무 피곤했다. 피곤 때문에 글을 쓸 수 없었다.

어쨌든 출근을 하자. C는 회사로 향했다.
리딩 룸에 들어가서 읽기 툴을 열었다. 눈앞에 황당한 장면이 펼쳐졌다. 읽기 과제임을 표시하는 화면에 리스트가 빼곡하게 차 있었다. 이렇게 많은 과제를 배당받기는 처음이었다. 리스트를 눈으로 훑었다. 칼럼 란에는 미완료가 표시돼 있었고 파일 앞에 순번이 매겨져 있었다. 화면을 질식할 듯이 바라보다가 한 화면으로 끝난 것이 아님을 알게 되었다. 페이지를 스크롤했다. 예상대로 리스트가 끝없이 이어졌다. 마지막 파일의 순번은 100이었다.

황당함을 감추지 못한 채 입을 떡 벌렸다. 이건 뭐 하자는 짓이십니까? 대표에게 인터폰을 넣어 윽박지르고 싶었다. 이걸 오늘 안에 다 읽으라는 거야? 왜 이런 식으로 나오는 거지? 대화에는 이제 질렸으니 남은 기간 동안 입 닥치고 읽기나 하라는 거야? 뭐 하자는 수작이야? 유리벽을 통해 대표의 집무실을 바라보았다.

대표는 골똘한 생각에 잠긴 표정이었다.

C는 대표와 눈이 마주치기를 기대하면서 대표를 계속 바라보았다. 대표는 팔짱을 끼고 고개를 숙인 자세를 풀지 않았다. 그러다가 갑작스레 고개를 들고 한숨을 내쉬었다. 왜 심각한 거지? C는 눈길을 돌렸다. 모니터를 바라보았다. 번호가 매겨져 있는 백 개의 파일 앞에서 다시 황당함을 감출 수 없었다.

C는 대표처럼 팔짱을 끼고 고개를 숙인 자세로 모니터를 바라보았다.

저절로 한숨이 나왔다. 클릭을 해서 독서를 시작할 엄두가 안 났다. 파일을 열까, 말까? 지랄 같은 일, 여기서 집어치울까, 말까? 일주일을 버티면 삼 개월이었다. 계약은 무효가 되고 재계약을 하지 않으면 자유를 얻는 것이다. 재계약을 신청할 것이냐, 말 것이냐? 소설을 쓸 때는 작가가 이야기의 끝을 결정하고, 회사에서 계약을 할 때는 대표가 예스(yes)와 노(no)를 결정한다. 대표가 나를 다시 고용할까? 저 인간이 나를 고용하지 못하겠다고 말하기 전에 내가 먼저 그만두겠다고 선제공격을 해야 하는 것인가? C는 백 개의 파일을 앞에 두고 재계약에 대해 고민했다.

사실은 고민한다고 해결될 문제가 아님을 자신이 알고 있었다. 지긋지긋하게도 인생 수형도의 루트 값에는 돈이 놓여 있었다. 돈이 아니라면 시작하지 않았을 일이었다. 지나간 이 개월 삼 주의 삶을 생각했다. 선불로 받은 삼 개월치의 급여는 첫 달에, 그것도 열흘이라는 짧은 시간 안에 휘발되어 날아갔다. 돈이 궁할 때는 돈이 없어도 살아지더니 삼 개월치를 선불로 받고 나니 돈이 아닌 것으로는 할 수 없는 일들만 눈에 들어왔다. 돈을 들여서 랩톱컴퓨터의 버그를 수정했고, 돈이 생기면 가입하려고 벼르던 'e-book' 서비스 회사에 유료 회원으로 등록했다. 밥 짓기가 싫어서 전자레인지에 돌리기만 하면 되는 즉석 냉동 밥을 사다가 먹었고 그것도 귀찮아져서 음식을 배달

시켜 먹었다. 여기저기 밀린 고지서들이 눈에 들어왔다. 그것들을 정리했다. 월급이라는 것을 받게 되면 해보고 싶었던, 빈민구호단체에 익명으로 후원 성금을 보내는 일도 했다. 좋은 기사를 쓴 기자를 후원했다. 돈을 써야만 하는 일이 아니라 돈으로 하면 기분이 좋은 일을 찾아서 해치웠다. 잔고가 줄어드는 것을 바라보면 가슴이 뛰었다. 급여를 선불로 받은 것을 후회했다. 열흘이면 너무한 게 아닌가! 삼 개월치를 한꺼번에 선불로 받은 것은 해로운 방식이잖아! 이런 삶에는 주급이 더 어울리겠어. 일주일치씩 받으면 일주일만 계획해서 알차게 쓸 수 있을 텐데! C는 돈이 어디로 나갔는지는 정리하지 않고 무계획적으로 소비에 빠진 자신을 힐책했다. 특별히 한 일이 아무것도 없는데 월급은 모두 날아간 상태였다.

슬퍼할 필요 없었다. 출근 전의 가난한 상황으로 돌아가면 되는 것이다. 어차피 시간은 흘러가게 돼 있으니 대표가 바라는 일을 해주기만 하면 된다. 달라진 것이 있다면 '다만' 정해진 출퇴근 시각이 있게 되었다는 것, 회사에는 업무가 있다는 것이었는데, 그것은 '다만' 달라진 것이 아니라 '그것만' 남은 셈이 된 것을 C는 몸에 스트레스가 쌓인 뒤에야 알게 되었다.

날이 갈수록 출근이 싫었다. 퇴근길에는 맥줏집에 들러 맥주를 마셨다. 신용카드를 긁었다. 회사에 출근하기 전에는 결제 금액이 부담스러워서 편의점 맥주도 대용량으로만 사다가 아껴 먹었는데 출근을 하다 보니 지각을 하지 않고 출근을 해낸 자신을 칭찬하고 하루 동안의 노동에 인내했던 자신을 달래주기 위해 맥줏집을 찾아 들어가게 되었다.

일은 하기 싫고 월급은 필요했다.

눈앞에 100개의 파일이 있었다.

새로 쓴 글이 없는 랩톱컴퓨터 속의 완성작 폴더가 떠올라 머릿속을 할퀴었다.

마우스를 툭툭 쳤다. 100개의 파일로 진입해야 했다.

마우스를 놓았다.

눈을 감고 생각했다. 전업 작가로 살 때는 어떻게든 원고를 만들어서 그것을 팔기 위해 완성작 폴더를 비워둔 적이 없었다. 무슨 글이든 써서 투고를 준비했다. 출근을 한 이후에는 한 줄도 쓰지 못했다. 시작해놓은 원고도 없었다. 시작해놓은 원고가 있다면 완성을 보기 위해 회사를 그만둘 수 있을 것이다. 완성작은커녕 시작한 원고도 없는 것이 현실이었다. 팔아먹을 원고가 없으니 돈이 나올 구멍을 파기 위해서는 재계약을 하는 수밖에 없었다.

회사에 출근하기 전에는 이렇지 않았던 것 같은데, 내가 회사에 출근하기 전에는 뭘 해서 먹고살았지? C는 자신이 살아온 삶이 뿌연 안개 속에 있어서 눈에 보이지 않았다. 회사를 그만두면 글을 써야 하는데 무슨 글을 쓸까? C는 겁이 났다. 일주일 후면 삼 개월이라는 계약 기간이 만료되는 시점에서 C는 글을 잃은 슬픔에 빠졌다. 어째서 이렇게 돈에 얽매이는 작가가 됐을까? 돈을 벌려면 돈이 되는 글을 써야 하잖아. 그런 글을 쓸 수 있을까? 독자에게 책을 팔려면 어떤 원고를 만들어야 하는 것일까? 왜 이렇게 됐을까? 전에는 글을 어떻게 썼지? 아! 시팔! 기억이 나지 않아! 어떻게 글을 써서 먹고살았는지 기억이 나질 않아! 다시 글을 쓸 수 있을까? 돈을 벌어야 한다는 생각 때문에 C는 눈물을 흘렸다. 여기저기서 C는 글을 그만 쓰기로 했다는 소문이 나돈다고 들었다. 출판사에 출근하는 게 알려지면서부터였다. C는 고개를 끄덕였다. 출근을 하는 것이 맞고, 급여를 받는 것이 맞았다. C는 이렇게 생각했다. 출근하면서도 완벽한 글을 써낼 수 있어. 보여주겠어. 글을 그만 쓰기로 했다는 소문을 막으려면 완벽한 글로 보답해주는 수밖에 없었다. 출근을 안 할 때는 인정상 다작으로 약간의 허술함을 스스로 용인하면서 마감 요구에 응했다. 투고한 글이 채택이 될 때에도 그런 분위기가 감지되었다. 글은 현물 가치를 가지는 물건이었다. 월급을 받은 후에는 글과 돈이 연결되는 직접적인 연결 고리가 끊어졌다. 예전에는 글이 없으면 돈을 벌 수 없으니 글 자체가 돈이었는데 이제는 글이 없어도 돈을 벌 수 있으니 글과 돈은 아무런 관계가 없는 사이로 변했다. 대신 글을 쓰기 위해서는 넘어야 할 새로운 산이 생겼다.

C는 자기도 모르는 사이에 자신은 완벽한 글과 돈이 되는 원고라는 이중의 조건을 충족해야 한다는 감방에 갇혔다. 완벽하면서 돈이 되는 원고를 써야 하므로 시작을 할 수 없었다. 어떤 글이 완벽한 글이며 돈이 되는 원고인지 판단할 수 없었다. 텅 빈 완성작 폴더 앞에서, 시작해놓은 글도 없는 현실 앞에서, C는 완벽한 글과 돈이 되는 원고라는 이중의 요구 조건을 채울 수 있는 글을 쓰지 못하고 있는 자신을 발견했다. 아무런 능력도 없는 작가가 돼버린 거야. 리딩 룸에서 남의 글을 읽고 이러쿵저러쿵 소감만 씨부리다가 이렇게 된 거야. 빌어먹을! C는 갑자기 모든 게 싫었다. 리딩 룸도 싫고 대표도 싫고 소설도 싫었다. 실비아 플라스처럼 자살을 해버릴까? 아! 정신 차려라. 실비아 플라스에 대한 모독이야. 일이나 해. 재계약은 원한다고 할 수 있는 게 아니야. 대표가 결정하는 일이야. 일이나 해! C는 자신에게 명령을 하다가 마우스로 이마를 찍었다.

마우스에 피가 묻었다. C는 손가락으로 이마를 쓸었다. 손가락을 바라보았다. 피가 흘러내렸다. 피를 보네, 내가……. C는 속으로 말했다. 어쨌든 오늘은 출근했으니 일을 하자. 퇴근한 뒤에 재계약을 고민하자. C는 마우스에 묻은 피를 휴지로 닦았다. 이마에 흐르는 피는 흐르거나 말거나 내버려두었다.

백 개의 파일 중 첫 번째 파일을 열었다. 첫 문장을 읽었다.

'야구공에는 백팔 개의 구멍이 한 쌍 있다.'

지긋지긋한 야구 이야기였다. 대표의 집무실에 있는 방망이를 가져와 모니터를 박살내고 싶었다.

두 번째 파일을 열었다. 이번에도 첫 문장을 읽었다.

'야구공에는 백팔 개의 구멍이 한 쌍 있다.'

C는 기분이 나빴다. 몹시 싫었다.

C는 세 번째 파일을 열었다. 파일의 첫 문장을 읽었다. 그 첫 문장도 마찬가지였다. 토씨 하나, 띄어쓰기 하나 틀리지 않고 똑같았다.

'야구공에는 백팔 개의 구멍이 한 쌍 있다.'

첫째 파일로 돌아갔다. 첫 문장을 포함해서 한 문단을 읽었다. 첫째 파일을 열어놓은 채로 두 번째 파일을 열었다. 첫 문단을 첫째 파일과 비교했다. 첫 문장이 같고 두 번째 문장부터 달랐다. 세 번째 파일 역시 마찬가지였다.

백 개가 모두 시작은 같지만 전개가 다른 파일이라는 느낌이 왔다. 파일마다 두 번째 문장이 다르고 분량 칼럼에 적힌 숫자가 모두 똑같았다. 백 개의 파일은 모두 같은 문장으로 시작해서 다른 이야기로 번져가는 베리에이션일 것이었다.

C는 'For sale, baby shoes, never worn!'을 예로 들어서 만들었던 대화의 내용을 상기했다. '어떤 주체'가 '어떤 아기'의

'어떤 신발'을 '어떻게 파느냐'에 따라 수백 가지 이야기를 만들어 이해할 수 있다는 의견을 대표에게 들려주었다. 수백 가지의 이야기 중에서 어떤 이야기가 가장 슬플지, 가장 예술적일지는 독자가 판단할 것이라 했다.

AI를 만났다는 느낌에 사로잡혔다. 어제 대표는 '알레스' 이야기를 삼십 분 만에 변형해서 네 개의 파일을 전송했다. 100개의 파일로 변환되어 온 이야기는 AI의 작품이다. 누가 그럴 수 있겠는가! 같은 문장으로 시작해서 똑같은 글자 수로 백 개의 파일을 하룻밤에 만들 수 있는 존재는 사람이 아닐 것이다!

AI는 먼 곳에 있는 것이 아니다. 채팅 봇이 수천만 명의 유저와 동시에 일대일로 대화를 하는 것이 현실이다. 백 개의 소설을 동시에 써서 내미는 것! 이것이야말로 소설을 쓰는 AI가 아니면 못할 일이 아니겠는가! 드디어 눈앞에 소설을 쓰는 AI가 등장한 것인가! C는 씁쓸하게 웃었다. 백 개의 파일에서 백은 실제의 백이 아니라 무한을 의미하는 것 같았다. 백은 업무의 편의를 위해 선택된 숫자에 불과할 것이다. 수많은 백한 번째의 파일이 어딘가에 있을 것이다.

마음을 다잡았다. 글을 읽고 돈을 받으라는 대표의 제안을 처음 받아들이기로 결정할 때에 가졌던 묘한 느낌, 즉 AI가 쓴 글을 읽으라고 할지 모르겠다는 호기심에 끌려 일을 시작한 그때의 느낌을 왜 잊어버리고 있었는지 출근을 하면서 읽기에 지쳐서 무뎌진 감성에 온기를 불어넣었다.

혹시 지금까지 읽은 모든 글이 AI가 쓴 글이었을까? 대표가 AI가 쓴 소설이라고 티 나게 말했던, 온라인 게임 유저들의 채팅을 끌어와서 짜깁기한 것이라고 했던 소설 한 편만 AI의 작품이었던 것이 아니라 지금까지 읽은 모든 것이 그럴 수 있다고 한다면? 정신병자처럼, 약을 먹는 일이 환자에게 필요한 일인지 보호자에게 필요한 일인지를 관념적으로 물었던 그 글은 약을 먹기 싫어진 환자의 정신과 상담 기록을 끌어와 만든 소설일 수 있지 않을까? 그랬기에 대표는 AI의 작법을 상상적으로 이야기했을 때 대화에 적극적이었던 것일까? 기계가 썼기 때문에 모든 살해 장면은 그토록 잔인무도한 것이었을까? 기계적으로 창의적인 살인 장면을 만들다보니 동물 도살 장면을 끌어와 도살당하는 동물의 자리에 인간을 집어넣고 문장을 돌려 만들어서 그렇게 잔인해진 것이 아닐까?

다시 읽으면 알 수 있을 것 같다.

기계가 쓴 문장인지 사람이 쓴 문장인지.

그런데 읽기 툴에는 지나간 소설을 복구하는 기능이 없다. 대표는 메모를 금지했고 비밀을 발설하는 것이 드러나면 법적인 책임을 지겠다는 각서에 서명을 하게 했다. AI가 쓴 것이어서 더 철저히 관리하는 것인가? AI를 떠올리자 정신이 뒤죽박죽되는 것을 느꼈다.

그렇다면 우습지 않은가? 기계가 쓴 글에 화를 내다니! 기계가 사람을 죽이는 장면만 지겹도록 묘사하고 있다고! 돈에 팔려서 읽기 싫은 글을 읽고 얌전한 언어로 소감을 만들어 바치는 자신이 미워서 화를 내다니! 아뿔싸! 이것은 미친 짓이야!

C는 머리를 흔들었다.

AI가 쓴 글임을 알았다면 화를 낼 필요도, 소감을 짜내기 위해 머리카락을 쥐어뜯지도 않았을 것이다. 기계에게 화를 낼 필요가 어디에 있는가! 누가 썼는지 궁금해 하면서 작가를 욕할 이유가 없었을 것이다. C는 AI에 대해 잊고 있었던 자신을 반성했다. AI를 생각했다면 일을 수월하게 했을 것이다. 대표는 그런 태도로 일을 할까 봐, 인간이 쓴 것으로 대하게 만들기 위해 AI라는 존재를 감춰온 것이다. C는 계약 만료 기간이 가까워질수록 대범해졌다. 의문이 생겼을 때 그것을 언제 물으면 좋을지 고민할 필요가 없었다.

C는 대표에게 인터폰을 걸었다.

대표가 말했다.

"용건은요?"

"이번에는 백 개의 파일이네요? 언제까지 읽으면 됩니까?"

"능력 되는 대로."

"백 개의 파일을 주신 것 맞죠?"

"아마 그럴 겁니다."

"알겠습니다."

C의 목소리는 전과 다르게 퉁명스러웠다. 인터폰을 끊으려다가, C는 다시 대표에게 말했다.

"표절 검사기에 넣고 돌려보면 어떨까요?"

"왜요?"

"자기 복제가 많은 것 같습니다. 검사기에 돌린 다음에 읽으면 시간을 단축시킬 수 있을 것 같네요."

"잠깐만요. 기술팀에 연락해보죠. 끊읍시다."

대표는 인터폰을 끊었다.

잠시 후 대표가 인터폰으로 결과를 알렸다.

"첫 소설을 오리지널로 기준 잡고 중복 여부를 표시했습니다. 파일 다시 열어보세요."

뚝! C는 대표가 말을 끊고 인터폰을 내려놓기 전에 먼저 인터폰을 끊었다.

C는 읽기 툴을 클릭했다. 백 개의 리스트가 나타났다. 기술팀에서 중복 여부를 어떻게 표시했는지 확인하기 위해 첫 파일과 둘째 파일을 클릭했다. 첫 파일에 없는 시각 자료가 둘째 파일에 나타났다. 색깔이 입혀진 부분이 중복을 표시하는 부분이었다. 둘째 파일은 첫째 파일과 비교했을 때 서두와 결말 부분만 다른 것 같았다. 셋째 파일부터는 중복이 줄어들었는데 평균을 낸다면 칠팔십 퍼센트가 중복으로 보이는 상황이었다. 오리지

널이라고 기준을 잡은 첫 파일을 꼼꼼히 읽으면 나머지는 대충 흘려 읽을 수 있을 것 같았다.

첫 파일의 첫 문장을 읽었다. 야구공에는 백팔 개의 구멍이 한 쌍 있다. 기분이 심하게 나빴다. 백팔은 번뇌를 칭하는 숫자 였다. 야구 이야기에서 번뇌를 얘기한 건 C였다. C는 도둑맞은 기분을 느꼈다. 마우스를 집어 들고 유리벽에 던졌다. 마우스 는 유리벽에서 튕겨져 바닥으로 떨어졌다.

C는 전날 대표에게 이렇게 얘기했다. "투수가 의도적으로 실 투를 할지, 이상적인 투구를 실현할지 고민하다가 정신의 백지 상태, 즉 순수한 무의지의 상태에 도달하여 볼을 던진다고 설 정한다면 기발한 착상이 될 수 있을 것 같습니다." 대표는 별 반응 없이 들었다. C는 대표가 반응을 보이지 않아 이렇게 덧 붙였다. "가령 무아의 경지에 간다고 했을 때 컴퓨터가 무아의 의미를 해석할 수 있을까요? 인간의 뇌 속에서 벌어지는 무아 의 형태를 컴퓨터는 텅 빈 상태라고 여길까요? 아니면 꽉 찬 상 태로 여길까요? 저는 실수와 운명의 관계를 떠올렸습니다. 투 수가 어떤 공을 어떻게 던질지를 고민하는 것이 아니라 공에 얽힌 모든 것을 고민하지만 어떤 공을 어떻게 던질지에 대한 생각을 잊은 채 실수로 이상적인 투구를 한다는 것 말입니다. 실수를 하겠다는 의지도 없고 이상적인 투구를 하겠다는 의지 도 없는 상태에서 말입니다. 그렇게 한다면 작가가 불교적 세

계관에 동조한다는 뜻이 되겠지요." 대표는 고개를 끄덕였다. 별 감흥을 보이지 않았다. 그랬는데 C의 말을 듣고 아이디어를 훔쳐다가 첫 문장을 만든 것이었다. 백팔번뇌는 그렇게 소설에 들어오게 된 것이었다. C는 대표의 집무실을 바라보았다. 대표는 누군가와 통화하고 있었다. C는 속으로 비아냥거렸다. 대표님, 왜, 백팔 개를 만드시지 파일을 백 개만 만들었어요? 그렇게 잘났으면 스스로 알아서 하지 읽으라 하는 이유는 뭐예요? C는 기분이 나빠서 마우스를 다시 한번 던졌다.

그렇지만, 일을 해야겠지! C는 자조하면서 마우스가 떨어진 곳으로 걸어갔다. 허리를 숙이고 마우스를 집어 들었다. 마우스에 깨진 흔적이 보였다. C는 깨진 마우스를 들고 책상으로 갔다. 모니터 앞에서 마우스를 움직였다. 마우스 포인터는 정상대로 움직였다. 마우스는 겉이 깨졌지만 기능에 이상이 없었다. C는 깨진 마우스로 페이지를 넘기며 소설을 읽었다.

소설을 읽을수록 배신감이 강하게 들었다. 대표가 오리지널로 삼았다고 한 첫째 파일은 무아의 경지를 쓴 소설이었다. 그것이 실제로 오리지널이 될지 우연히 첫 번째 파일이 된 것일지 알 수 없으나 대표가 자기에게 동의를 구하지 않고 자신의 아이디어를 한 편의 소설로 써내버린 것에서 기분이 나빴다. 컴퓨터 알레스는 투수의 볼을 예측하지 못하고 알레스에게 의지했던 타자는 알레스의 지시를 기다리느라 매우 평범하고 느린 스트라이크에 얼어서 볼을 바라보았다. 투수가 무아의 경지에서 볼을 던졌는데 컴퓨터 알레스가 무아인 상태의 뇌를 블랙아웃 상태로 인식했기 때문이었다. 타자는 블랙아웃의 의미를 전송받다가 공을 쳐야 하는 시기를 놓쳤다. 투수의 승리로 소설이 끝났다.

둘째 파일은 첫째 파일과 똑같은데 결말이 바뀌었다. 컴퓨터 알레스가 깨달음의 경지에 도달해서 득도한 볼을 던지는 투수의 뇌를 분석한 후 볼의 궤적을 예측해서 타자에게 제시했고 타자는 완벽하게 스윙을 했다. 타자의 홈런으로 소설이 끝났다.

셋째 파일은 첫 번째 및 두 번째 파일과 경기 진행 내용이 거의 같았다. 컴퓨터 알레스를 투수와 타자가 모두 사용하는 것이 달랐다. 사과의 진정성에 대한 소설이었다. 이번에는 심리학 지식이 보강되어 사과를 하는 자가 우월감의 일종으로 행사하는 선제 보상 심리에 대해 컴퓨터 알레스들이 학문적으로 대화를 주고받았다. 가해자를 옹호하는 느낌이 강하게 들었다. C는 읽고 싶지 않았다. 십 분 만에 줄거리 골격을 파악한 후 읽기 완료 버튼을 눌렀다.

넷째 파일은 민주주의 소설이었다. 이 파일은 정치학개론의 부교재라는 느낌을 주었다. 읽고 싶지 않았다. C는 삼 분만에 장편소설 읽기를 끝내버렸다.

C는 다섯 번째 파일로 넘어가는 것이 비참했다. 너무너무 일하기가 싫었다. 이것도 싫고 저것도 싫었다. C는 보고용 소감을 만들어야 한다는 생각을 머릿속에서 지워버렸다. 지랄 같다, 정말! C는 마우스를 다시 집어던질까 말까 고민했다. 그러다가 막 나가기로 마음먹었다. AI가 쓴 글이든 아니든 그게 무슨 상관이냐! 대표에게 인터폰을 걸었다. 대표가 말했다.

"벌써 다 읽으셨습니까?"

C가 말했다.

"아닙니다."

"그럼, 용건은요?"

"여쭤볼 게 있습니다. 집무실로 가도 되겠습니까?"

"네. 그러세요."

C는 인터폰을 끊은 후 집무실로 갔다. 대표가 말했다.

"좀 벅차지요?"

"백 편을 다 읽기에는 제 능력이 모자랄 것 같습니다."

"힘닿는 대로 읽으시면 돼요."

"대표님!"

"왜요?"

"저, AI 한번 만나게 해주세요."

"AI라뇨?"

"가지고 계시잖아요. 이건 AI가 하는 일이 맞는 것 같아요."

"왜 그러시는지 말씀하실 수 있습니까? 왠지 화가 나 계신 것 처럼 보입니다."

"제 역할이 뭐죠?"

"소설을 읽는 것이요."

"소설을 읽고 소감을 말씀드리면 그 소감은 어떻게 되는 거죠? 녹음을 하시잖아요."

"회사의 자산이 되죠."

"그래서요?"

"그래서, 라니요?"

"그래서 회사의 자산이 되면 어떻게 되는 것인지 알고 싶습니다."

"작가님은 급여를 받는 것이고, 그 자산은 쓰임이 있을 때에 적당한 방식으로 쓸 겁니다. 아직은 몰라요."

"저와 대화한 내용을 소설 수정에 사용하는 것 맞지 않나요?"

"어떻게 말입니까?"

"그 기계적인 방식을 제가 어떻게 알겠습니까? AI한테 보내서 AI가 참고하고, 누군가 수정 방향을 지시해서 수행 명령을 내리는 것 아닙니까?"

"꿈에서 깨세요. 그런 인간적인 AI가 있으면 제가 여기 이러고 있겠습니까? 그런 AI가 어디에 있다고 그런 AI를 이야기하는지 모르겠네요."

"생각해보세요. 제가 말씀드린 내용이 소설에 반영돼서 결과물로 나왔지 않습니까? 백팔 개의 구멍이라든가, 무아의 경지에서 투수가 볼을 던진다든가, 그런 것은 저와 대화를 한 뒤에 만들어진 소설이잖습니까."

"오버인터프리테이션(overinterpretation)입니다. 야구공에 있는 실밥이 백팔 개라는 것은 야구에 관심 있는 사람들이 상식적으로 알고 있는 내용입니다."

"상식이라고요?"

"네!"

"저만 모르는 상식입니까? 그래서 저는 무식하다 이 말입니까?"

"야구하는 사람들끼리는 경기가 잘 안 풀릴 때 즐겨 쓰는 조크입니다. 몸으로 잘 안 될 때는 마음부터 잡아야 하니까요."

대표는 나긋나긋한 목소리로 말했다. 대화에서 밀리고 싶지 않았다. C가 말했다.

"그럼 도대체 누가 썼단 말입니까?"

"작가에 대해서는 말하지 말기로 했잖아요."

"대표님! 이건 좀 심합니다."

"뭐가 심합니까?"

"야구공에는 백팔 개의 구멍이 한 쌍 있다, 이 문장으로 시작해서 백 개의 파일을 만들었어요. 심하지 않아요? 그걸 저에게 보내주신 거예요.”

“리스트가 백 개라서 부담이 크신가 본데, 읽을 만할 겁니다. 중복이 많으니까.”

“머리가 좀 아픕니다.”

“저도 아픕니다. 그래서 급여를 드리는 거잖습니까. 급여를 받으면 그나마 읽을 힘이 나잖아요. 보상 없이 읽으라고 하면 그걸 읽어낼 사람이 어디 있겠습니까?”

“도저히 못 읽으면요?”

“책임을 지셔야죠.”

“어떤 책임 말입니까?”

“선불로 급여를 받은 책임 말입니다.”

“급여 말고 다른 걸로 얘기하면 안 됩니까?”

“작가님! 솔직히 우리가 급여 말고 다른 걸로 어떻게 얘기할 수 있습니까? 여기는 회사예요.”

“지금까지 열심히 읽었잖아요. 이제 일주일 남았습니다. 그런데 일주일 남겨두고 이렇게 심한 일을 시키시면 어떡합니까?”

“왜 읽어보지도 않고 심하다고만 생각하십니까? 직접 읽어보면 그렇게 심하지 않을 겁니다. 재미를 발견할 수도 있을 거예요. 사실은 한 작가가 한 소설만 썼는데 그 원고가 우리한테 넘어온 것이라 생각하세요. 한 작가가 출발이 같지만 과정과 결과가 다른 백 개의 베리에이션을 만들었다고 생각하면 돼요."

"한 작가가 백 편의 소설을요?"

"네. 모두가 야구 소설이고, 베리에이션입니다."

"어제 읽었던 것까지 포함해서요?"

"그렇죠."

"어제 제가 네 편 읽었으니까, 합하면 백네 편이네요. 백 편이 아니라."

"…… 그런가요? 그럼 백네 편이라고 해야겠네요."

"백 편이라면서요?"

"말하자면 그렇다는 것입니다. 많다는 뜻이에요. 백 편이라고 해서 꼭 백에 맞춰서 들으실 필요는 없어요. 한두 편 빠질 수도 있고 더 많을 수도 있어요. 아무튼 그 작가가 그런 일을 한 겁니다."

"AI가 쓴 것 아니고요?"

"AI는 없어요."

"……."

"그 작가가 제가 야구를 좋아하는 것을 알고 보낸 거예요. 야구가 왜 재미있는 스포츠인 줄 아세요? 법이 많은 나라에 재판이 많은 것처럼 룰이 많은 스포츠 게임에 변수가 많은 거거든요. 럭비는 볼을 둥글지 않게 만들어서 땅에 떨어지면 어디로 튈지 모른다는 변수로 재미를 만드는데 야구는 볼이 둥글고 작지만 규칙이 많아지면서 더 재미있어졌어요. 아웃되는 경우만 해도 열한 가지가 기본이니까요. 투수와 타자의 대결에서만 아웃이 나오는 게 아니라 주자도 아웃이 되니까. 규칙을 벗어나면 아웃이 되는 겁니다. 가령 2루 베이스를 밟지 않고 3루 베이스를 밟는다거나. 공이 플라이 아웃 되었는데 1루 주자가 1루로 돌아가지 않고 2루 베이스를 밟는다거나. 룰을 모르면 죽습니다. 죽는 게 많아요."

"지금 제가 읽어야 하는 소설이 한 작가의 작업이라고요?"

"그렇습니다."

"살아 있습니까?"

"그럼요."

"어디서 만나셨어요?"

"글쎄요. 작가 소스를 작가님에게 공개해야 할 이유는 없을 것 같은데요?"

"살아 있다면 선택하게 해야죠. 백 개를 다 출판할 수는 없잖습니까. 그리고 제가 대표님하고 나눈 대화가 들어가 있어서 기분이 이상합니다."

"우연히 겹치는 것일 수 있습니다."

"제가 아는 작가입니까?"

"아마 모를 겁니다."

"왜요?"

"아직 등단을 안 했고, 출간한 책이 없으니까."

"대단한 분이군요."

"작가님하고 비슷한 생각이 보이는 부분이 발견되면 작가님이 그만큼 생각이 깊은 거라고 여기세요. 작가님은 그 방면에 대해 소설을 쓰지 않고도 그것을 체득하고 있다고 한다면 삶이 그만큼 깊다는 증거가 되지 않겠습니까?"

"나이가 많습니까? 몇 살입니까?"

"나이는 비공개입니다. 신비주의로 갈 필요가 조금 있어요. 책이 나간다 해도 가명으로 가게 될 겁니다. 저는 미팅이 있습니다. 좀 쉬셨다가 편한 마음으로 읽어주세요. 그 작가도 우리 소감을 기다리고 있으니까요."

"알았습니다."

C는 대표로부터 팅겨지는 것을 느꼈다. 리딩 룸으로 돌아가야 했다.

돌아가고 싶지 않았다. 돌아가면 소설을 읽어야 했다. C는 AI에 대한 정보를 얻고 싶었다. 상상 속에서 작가는 야구의 규칙을 벽에 적어놓고 규칙에 들어 있는 인생의 의미를 부여하는 소설을 기획했다. 서가에는 야구에 관한 책이 가득할 것이다. 비디오 자료와 사진 자료 및 잡지가 엄청나게 쌓여 있을 것이다. 돈이 나와야 원고를 만드는 것인데 돈을 받지 않고 어떻게 이런 창작을 해냈을까? C는 귀족 출신의 남자 작가 톨스토이를 떠올렸다. 남자 귀족이거나 AI거나. 돈을 받지 않고 글을 쓸 수 있는 존재는 그들뿐이다.

C는 스마트폰 캘린더를 바라보았다. 할머니의 생일이라고 입력된 날이었다. 어제 SNS에 케이크를 걸었다. 할머니 생일 축하해. 메시지를 담았다. 친구들이 답글로 케이크 이모티콘을 많이 달아주었다.

C는 눈을 돌렸다. 아직도 자신이 대표의 집무실에 발을 디디고 대표 앞에 서 있다는 사실이 실감나지 않았다. 눈앞이 빙글빙글 돌았다. 대표의 집무실을 여기저기 바라보았다. 몸은 여기에 있는데 정신은 알 수 없는 곳으로 한정 없이 끌려가는 것 같았다. 멀미가 나서 머리가 어지러웠다.

C가 말했다.

"대표님, 저, 좀 앉겠습니다."

"네. 왜 그러십니까?"

"어지러워서요."

"평소에 건강이 안 좋으신 편인가요?"

"그렇지 않습니다."

C는 피로해졌고, 피로감이 멀미로 변했다는 말을 하자니 횡설수설로 들릴 것 같아 말을 하지 않기로 했다. 대표가 말했다.

"읽어야 할 게 너무 많아서 피곤해지셨나 보군요. 그렇지만 읽을 만할 겁니다. 아까도 얘기했듯이 힘닿는 대로 읽으시면 됩니다."

대표가 말했다. C는 용기를 내어 대표에게 말했다.

"대표님, 그 작가 좀 만나게 해주세요."

"만나고 싶으신 이유는요?"

"기운을 좀 받고 싶습니다. 어떤 분인지 만나서 대화하고 싶어요."

"생각해보겠습니다."

"만날 수 있게 해주신다는 뜻이지요?"

"생각해본다고 말씀드렸습니다. 작가의 입장도 들어봐야 하니까요. 그런데 작가를 만나려면 어떤 소설이 제일 괜찮은지 윤곽은 가져야겠죠. 읽으실 게 많아서 힘드시겠습니다. 가능할까요?"

"퇴근 전까지 열심히 읽어보겠습니다."

"예. 그렇게 합시다. 하루에는 안 끝나겠죠."

대표가 말했다. C는 고개를 끄덕였다. 대표가 말했다.

"여유를 가지시고 다 읽은 다음에 대화했으면 합니다."

"알겠습니다. 그렇게 하겠습니다."

C는 말을 한 후 집무실에서 나왔다.


리딩 룸에서 소설을 읽었다. 대표는 읽을 만할 것이라 말했다. C는 대충 흘려 읽어도 된다는 뜻으로 받아들였다. 작가와의 만남을 대비했다.

인생의 수형도

엄마의 기일이었다. 할머니처럼 엄마에게도 기념할 공간, 기념할 비석이 없었다. 둘 다 병원비가 모자라 일찍 돌아가셨다. 검은 옷을 입고 출근했다.

출근을 하자 대표가 호출했다.

C는 재계약과 관련된 일이 아닐까 하는 마음에 가슴을 졸였다. 안 하기로 했습니다, 라고 말하면 그뿐인데 이상하게도 재계약을 생각하면 가슴이 찌그러졌다. 빌어먹을 돈! 더티 머니!

C는 계약 여부를 시작 지점에 놓고 예스인지 노인지에 따라서 달라지는 인생의 수형도를 생각했다. 어떤 그림의 수형도를 그리든 마지막 도달 지점은 저승이었다. 저승이 있으니 이승의 삶에 최선을 다하는 것이 도리였다.

최선을 다한다고? 뭘 위해서? 뭐가 최선인데? 빌어먹을! C는 재계약만 떠올리면 생각이 복잡해지는 것이 귀찮고 환멸스러웠다. 거꾸로 생각해보자. 저승이 있고 없고를 루트 값에 놓는다면? 저승이 있으면 죽음 이후에 새로운 삶이 펼쳐진다. 저승이 없다면 죽음은 그것으로 완벽한 끝이다. 저승이 없다면 어떻게 죽든 상관없지. 어떻게 죽든 상관없다는 것은 어떻게 살든 상관없다는 것이지.

저승이 있다고 생각하면 인생이 복잡해지지. 문학은 저승이 있다고 믿는 자들의 것일까, 없다고 믿는 자들의 것일까? 먼 미래의 일은 복잡하니까 당장 코앞에 있는 내일 일만 생각할까? 그런데 작가를 만나서 뭘 물어보고 무슨 기운을 받는다는 거지? 다섯 걸음이면 도착하는 대표의 집무실까지 가는 동안 C는 십 년의 고민을 한꺼번에 한 것 같은 느낌이 들었다.

왜 출근을 하자마자 호출을 한 것일까.

대표가 말했다.

"읽기 완료 버튼 누른 파일이 팔십 퍼센트를 넘었더군요. 중간 소감이 궁금해서 들어오시라 했습니다. 어떻습니까?"

C는 재계약 이야기가 아니어서 안심했다. 대표는 녹음기를 켰다. C는 처음 입사했을 때처럼 녹음기에 신경을 쓰면서 진지하게 말을 건넸다.

"너무 야구 이야기만 하는 것 같습니다. 대표님께서 말씀해주셔서 알게 된 한 줄짜리 소설 말입니다. 그것 얘기했던 것 기억 나시나요?"

"그렇죠. 신발 이야기."

"그 이야기에 견주어서 말씀드리자면 말입니다, '팝니다, 아기 신발, 한 번도 안 신었음!'에서 작가는 신발 이야기에 매몰된 느낌입니다. 신발이 실내화인지, 운동화인지, 부츠인지, 샌들인지, 가죽인지, 패브릭인지……. 그러다가 소설이 끝납니다. 아기는 하이힐을 못 신는데 킬힐까지 얘기하는 느낌요. 어떤 아기인지, 어떤 주체가 신발을 파는지, 어느 마켓인지, 그런 것은 이야기하지 않고요."

대표는 고개를 끄덕였다. 그리고 말했다.

"아기가 시집 간 딸일 수도 있지 않을까요?"

C는 대표를 바라보았다. 이런 상황에서 아기를 시집 간 딸이라고 말할 수 있는 사람은 별로 없을 것이다. 할머니와 엄마가 떠올랐다. C는 대표와 세대 차이를 느꼈다. 대표가 말을 이었다.

"작가님이 지난번에 여러 경우의 수를 이야기해준 덕분에 저도 생각을 많이 해보았어요. 성장한 딸이나 아들을 갓난애로 생각하는 어떤 부모를 상상한다면 그것도 슬픈 일이더라고요. 자녀를 잃으면 부모의 마음이 그렇게 될 수 있습니다. 물에 빠져 목숨이 끊어졌다는 걸 알면서도 목숨을 다시 이어 붙이려고 물에 빠지려고 하는 게 부모의 마음이고, 실종된 자녀의 얼굴을 보면 목숨이 끊어진 사실에 놀라기보다 얼굴을 보고 싶었던 마음이 앞서서 반가움이 먼저인 게 부모의 마음이거든요. 함께 실종되었는데 자기 자녀는 못 찾고 남의 자녀가 발견되었을 때, 죽은 자녀의 시신을 찾은 부모에게 축하한다고 말하는 게 부모의 진심이거든요."

대표에게 이런 마음이 있었구나……. C는 갑자기 마음이 쿵 내려앉았다. C가 말했다.

"되게 슬프네요."

"지랄 같아서 말입니다, 인생이."

"왜 그러십니까, 대표님?"

"너무 통속적인 이야기가 있어요, 저에게."

"……."

"아이를 잃었는데 너무 생각이 많이 납니다."

"지금은 괜찮으신가요? 뭐라 드릴 말씀이 없습니다."

"너무 통속적이에요. 결혼할 남자가 바람을 피운다는 사실을 알고 병이 걸렸어요. 내가 대신 죽여주겠다고 했는데 참지 못하더라고요. 어쩌겠습니까? 작가님하고 이름이 같아요. 통속적이지 않나요?"

C는 처음부터 궁금했던 질문, 대표가 왜 자기를 업무 파트너로 선택했는지에 대한 답이 손에 잡히는 느낌이었다. 죽은 딸

과 이름이 같다. 대표는 C의 이름을 부른 적이 없었다. 더 통속적인 것은 그날이 엄마의 기일이라는 것이었다. C는 엄마의 기일임을 말할까 말까 망설이다가 참기로 했다. 대표에게 새로운 상처가 될 수 있을 거라는 염려가 앞섰다. 새로운 관계로 얽히는 것은 좋지 않을 것 같았다. 그동안 아기 신발 이야기를 하면서 대표의 마음을 다치게 한 것은 없는지 기억을 불러왔다. 무슨 얘기를 어떤 방식으로 나누었는지 기억나지 않았다. 딸이 죽은 사연이 있는 줄 알았다면 가벼이 말하지 않았을 것이다. 한 줄짜리 소설의 작가가 여성 혐오자였음이 떠올라서 화가 났을지라도. C가 말했다.

"부모의 마음 이야기해주신 것 고맙습니다."

"아닙니다. 제가 괜히 감상에 젖어서 과했습니다. 작가님은 결혼에 대해 어떻게 생각해요?"

"관심이 없어요."

"그러시군요. 관심이 없다고 그러면 왜 그러느냐고 묻는 사람을 많이 만나죠?"

"거의 대부분. 남자들은 더, 특히."

"걔네들은 결혼에 관심이 없다는 게 무슨 뜻인지 모르죠. 멍청이들."

대표가 한심한 얘기를 하고 있다는 식으로 피식 웃었다. C도 마음을 정리했다.

"죽은 자식을 반기는 마음이 있다고 생각하니 가슴이 미어지네요. 상상도 못했어요. 시신을 먼저 찾은 부모에게 축하를 건네는 마음에 대한 이야기도요."

"애가 그렇게 안 됐고, 제가 애를 잃은 부모가 안 됐으면 저도 그런 마음 몰랐겠죠."

"슬프네요. 제가 도와드릴 일이 있을까요?"

"아닙니다. 이미 충분히 도와주시고 계세요. 작가님은 뭐 필요한 것 있나요? 말씀해주시면 돕고 싶습니다."

"나중에 말씀드리겠습니다."

"있긴 있군요?"

"네. 있긴 있어요."

"그럼 필요할 때 말씀해주세요. 오늘은 소설 잘 읽어주시고, 하루 잘 보내셨으면 합니다."

"네. 대표님도요."

C는 대표에게 허리를 숙여 인사를 했다.

1퍼센트에 흔들리는 게 사람이야

길고 긴 독서 끝에 드디어 마지막 파일이었다. 계약 종료일도 하루 앞으로 다가왔다. 하필이면 마지막 파일에서 C는 쇼크를 받았다. 눈앞에 이런 소설이 펼쳐졌다.

  '야구공에는 백팔 개의 구멍이 한 쌍 있다. 백팔 개의 상처가 난 몸을 타고난 사람이 백팔 개의 상처가 난 사람을 만나 한 몸이 된다. 공이 수비 팀 투수의 손에서 떠난 후 경기가 시작되었다고 하자. 수비 팀은 절대로 점수를 못 내는 것이 야구이다. 공격 팀과 수비 팀은 순서를 정해놓고 공평하게 공격과 수비의 기회를 나누어 가진다. 배구와 테니스도 공수를 교대하는데 배구와 테니스는 서비스를 받는 쪽에서도 득점을 올린다. 다른 구기 종목에서는 공격권을 가지기 위해 싸움을 치른다. 수비를 하던 팀은 공을 빼앗아 공격으로 전환해서 골을 넣고 점수를 올린다. 공을 가지고 있는 팀이 점수를 올릴 수 있다. 그런데 야구는 공격할 때만 점수를 낸다. 수비 팀은 수비만 해야 한다. 수비 팀은 공을 가지고 있으면서 공격을 당한다.

수비 팀에도 공격수가 있다. 투수는 수비 팀 중에서 유일한 공격수이다. 투수가 하는 공격은 점수를 못 내는 공격이다. 투수는 막아내기 위해 공격한다. 투수에게 가장 훌륭한 공격은 1을 향한 것이 아니라 0을 향한 것이다. 0을 유지하지 못하면 마이너스만 있는 것이 투수의 공격이다. 인간이 나이를 먹는 것을 거부할 수 없듯이 투수는 대체로 어쩔 수 없이 마이너스를 기록한다. 지금까지는 그래왔다. 상대는 수비하지 않고 공격만 하는 타자이기 때문이다. 그것이 룰이었다. 투수는 남자들 속의 여자, 유일한 여자 같다. 그래서 우리는 투수를 사랑한다. 룰을 바꾼다면 투수도 1 이상의 플러스를 득점할 수 있다.

투수를 사랑한다는 것은 여자의 번뇌를 사랑한다는 뜻이다. 투수는 백팔 개의 번뇌를 가졌다. 야구는 투수의 손끝에서 출발하는 공에서 경기가 시작된다. 포수는 없어도 된다. 1루수가 없어도 된다. 그러나 투수가 없으면 안 된다. 시작이 안 된다. 야구공에 들어 있는 백팔 개의 실밥에서 백팔은 우연한 숫자이지만 번뇌는 필연이다. 투수가 번뇌할 때 관중은 흥분한다. 흥분은 관중의 몫이다. 투수가 관중처럼 평정을 잃으면 감독은 투수를 마운드에서 불러 내린다. 그러나 투수가 내려오지 않겠노라 버티면 감독도 어쩔 수 없다. 투수에게는 던지고 싶은 공이 있다. 누구도 그것을 막을 수 없다. 투수는 번뇌하면서 공의 실밥을 만진다. 생각의 가짓수는 백팔을 훨씬 넘는다. 생각해야 할 것이 많기 때문에 투수에게는 알레스가 필요하다. 알레스는 AI의 이름이다. 투수와 알레스가 대화한다. 투수의 요청에 알레스가 답한다.

"알레스! 어떻게 하면 되는지 알려줘!"

"뭘 하고 싶니?"

"복수."

"그렇다면 공을 관중석으로 던져!"

"관중석 어느 방향으로?"

"일루 쪽 5B석."

"고마워. 그런데 왜?"

"그렇게 하면 사람들이 너에게 미쳤다고 말할 거야. 미친 다음에는 무슨 일이든 할 수 있어."

투수는 글러브 속에서 실밥을 매만진다. 발을 들어 와인드업을 크게 한다.

바로 그 순간의 타석.

투수가 발을 들어 올려 와인드업을 하는 순간 타석에서는 타자가 몸을 웅크려 힘을 모은다. 관중들은 언제나 투수와 타자의 대결에 관심을 가진다. 관중석의 열기가 뜨겁다.

타자는 수비를 할 수가 없는 것이 야구의 운명이다. 수비 팀은 공격을 할 수 없고 공격 팀은 수비를 할 수 없다. 두 팀은 공평하게 '없음'을 나누어 가졌다. 만약 공격 팀에서 수비를 하는 타자가 있다면 그 타자는 우주에서 가장 고유한 야구를 하는 천재라 할 수 있다. 없음에서 있음을 창조했기 때문이다. 아직까지 야구의 역사에서 수비를 한 타자가 있었다는 기록은 전해지지 않는다. 타자가 타석에서 날아오는 볼을 피하지 않고 작심하고 몸으로 받아내어도 공격이 되는 것이 야구이다. 볼이 몸에 맞으면 타자는 출루해야 한다. 머무를 수 없다. 어떤 타자는 점수를 내기 위해 공이 몸으로 날아오기를 기다린다.

투수가 백팔 개의 실밥을 만지작거리면서 번뇌하듯이 타자도 백팔 개의 실밥을 생각하면서 번민한다. 칠 것인가 말 것인가! 타자가 번뇌하는 시간은 짧다. 투수는 글러브 속에 손을 넣어 멈춰 있는 공을 손에 넣고 정지 순간을 지연하면서 번뇌할 수 있으나 타자는 투수가 와인드업을 한 이후부터 공을 예측하고 때려야 하므로 시간에 쫓기면서 번뇌한다. 날아오는 공을 멈추게 할 수 있다면 타자는 그 순간에 편안히 번뇌할 수 있을 것이다. 그러나 타자는 배트로만 공을 정지시킬 수 있다. 배트가 아닌 것으로는 공을 막을 수 없다. 타자는 공의 방향을 바꾸기 위해 배트를 휘두른다. 공은 배트에 머물렀다가 거울에 반사되듯이 되돌아간다. 방향이 바뀔 때에는 언제나 정지 순간이 존재한다. 그 정지 순간이 길면 길수록 날아가는 거리는 더 커진다. 상상 속의 야구에서는 공을 영원히 돌아오지 못할 곳으로 비행시킬 수도 있다. 그때의 정지 순간은 투수도, 타자도, 그 크기를 측정할 수 없다. 정지가 길어지면 영원이 된다. 영원이 되기 위해서는 정지 순간이 길어져야 하는 것이다. 공을 어떻게 정지시킬 것인가? 정지 순간을 어떻게 만들 것인가? 타자는 투수만큼이나 고민이 많다. 그런데 고민이 많으나 시간은 턱없이 부족하다. 어떻게 칠 것인지에 대한 고민을 너무 깊게 하면 배팅 시간을 놓친다. 공이 눈앞에서 사라지는 것은 순간이다. 타자는 공격 팀이면서 수비 팀의 투수로부터 공격을 당하는 존재이다. 야구는 번뇌의 싸움이 된다. 투수에게 알레스가 필요하듯이 타자에게도 알레스가 필요하다. 알레스는 AI의 이름이다. 투수에게는 투수 알레스가 있고, 타자에게는 타자 알레스가 있다. 두 사람은 서로의 알레스에 대해 모른다. 알레스들끼리는 서로가 서로를 알고 있는지 의문이다. 그것은 밝혀지지 않았다.

투수가 와인드업을 하는 순간 타석에서 타자가 말한다. 타자가 알레스에게 도움을 요청하고 알레스가 답한다.

"알레스, 알려줘."

"뭘?"

"이번에 날아올 공."

"앉아!"

"앉으라고? 어디에?"

"타석에서 벗어나지만 않으면 돼. 넌 출루하게 돼 있어."

"왜?"

"투수는 관중석으로 공을 던질 거야. 너는 앉아 있으면 돼."

"투수가 마음을 바꾼다면?"

"그럴 가능성은 1퍼센트야."

"1퍼센트에 흔들리는 게 사람이야."

"그래. 나는 사람이 아니야. 나라면 앉겠어. 투수는 남편이 떠났어. 투수는 1루쪽 관중석 5B 좌석으로 공을 던지기로 했어."

"더 얘기해줘."

"투수의 머릿속을 너에게 보여줄게."

알레스는 타자에게 투수의 머릿속을 보여준다. 투수의 머릿속에는 남편이 등장하는 영상이 가득하다. 고교선수인 투수가, 지금은 떠난 남편이 된, 당시의 남자 친구와 1루 관중석 5B, 5C 좌석에 앉아 프로 경기를 관람한다. 장면이 전환된다. 갑자기 투수의 머릿속에 살인 장면이 펼쳐진다. 타자는 투수의 머릿속을 보다가 정신이 어지러워 눈을 감고 머리를 흔든다.'


C는 소설을 읽다가 마우스를 놓았다.

어떻게 이렇게 혼합적일 수가 있을까?

대표와 나눈 대화 내용이 다시 개입한 것 같았다. 대표는 딸이 결혼하기로 한 남자가 바람둥이라는 사실을 알게 되어 죽이고 싶다고 했다. 딸의 복수를 하고 싶다고 했다. 그걸 변형해서 분노로 만든 게 아닐까?

AI가 실시간으로 소설을 수정했던 것일까?

대표가 그것을 마지막 파일과 바꿔치기한 것일 거야. 투수가 백팔 번의 살인을 저지르겠지. 이건 너무 기시감이 강하게 든다. 이미 있었던 글이 아니라 분명히 수정된 글이야. 대표와 딸에 대해 대화를 했잖아. 마지막 파일을 바꿔치기한 거야. C는 묘한 흥미가 생기는 것을 느꼈다. 뭐라 근거를 댈 수 없는 느낌이었다.

C는 마우스를 다시 잡았다.

글을 쓴 작가가 AI인지 아닌지를 분별하기 위해 소설을 읽었다.

소설의 줄거리는 이렇게 진행되었다. 타자는 타석에 가만히 서 있었다. 투수는 공을 관중석으로 던졌다. 경기는 타자의 팀이 이기는 것으로 끝났다. 대중의 관심은 관중석으로 공을 던진 투수에게 집중되었다. 투수는 SNS에 이런 말을 남겼다. 강인해진 여자의 마음입니다. 죽여버리겠습니다. C는 그것이 AI의 말인지 현실의 여성의 말인지 소름이 돋았다. 반드시 필요한 말 같았다. 소설이 이어졌다.

C의 마음을 더 크게 흔든 것은 타자의 행동이었다. AI가 썼다고 한다면 그 AI를 한없이 존경하고 싶었다. 소설 속의 타자는 절망했다. 투수가 1루 관중석으로 공을 던질 때, 그 타이밍에 맞춰 타석에서 헛스윙을 하지 않았던 자신을 인간 이하로 바라보았다. 헛스윙을 했더라면 투수가 다음 공을 던져야 하는 상황이 되었을 것이고 경기가 진행되었을 테니 투수의 살인을 잠시 동안이라도 막을 수 있었을 텐데 그렇게 하지 못한 자신이 견딜 수 없도록 싫었다.

타자는 투수가 백팔 번의 살인을 계획했다는 것을 알았다. 알레스가 알려주었다. 타자는 양심의 가책을 느꼈다. 살인을 계획한 투수의 복수심을 자신이 알면서 모르는 척했다는 사실 때문에 절망의 늪으로 빠졌다. 헛스윙을 해서 경기를 지연시켰다면 살인을 막을 수 있는 상황이었다. 투수가 관중석으로 던진 공을 가만히 바라보았기 때문에 타자는 출루해야 했고 결국에는 교체된 투수와 후속 타자 때문에 주루 플레이에 밀려서 홈플레이트를 밟았고 홈플레이트를 밟은 그 발이 결승점을 올린 발이 되었다. 타자는 백팔 개의 묻지 마 살인을 막지 못한 죄책감에 시달리다가 야구를 그만두었다.

C는 소설의 전개가 경탄스러웠다. 나보다 나아. 이 스토리는 내 상상 바깥에 있어! 어디서 이런 스토리를 끌고 왔을까? 타

자의 성별은 무엇일까? 투수가 여자였음이 밝혀지지 않았다면 당연히 남자라고 생각했을 것이다. 투수가 여자이니 타자도 여자일 것이라고 생각하는 것은 케케묵은 관습이었다. 작가는 성별 표지를 밝히지 않았다. 아직 살인은 나오지 않았다. 소설은 살인에 집중하는 게 아니라 살인을 막지 못한 사람의 죄책감에 집중했다. C는 다시 소설을 읽었다. 눈앞에 이런 대목이 펼쳐졌다.

'타자가 알레스에게 말했다.

"알레스! 넌 왜 내게 헛스윙을 지시하지 않았니?"

알레스가 말했다.

"어떻게 치는지 결정하는 것은 너의 몫이잖아. 나는 공의 궤적을 말해준 것뿐이야."

"어제 있었던 살인사건은 투수가 한 것이니?"

"모르겠어. 나는 야구 경기장 안에서만 투수의 뇌를 읽을 수 있도록 설계돼 있어."

"투수를 만나고 싶은데, 투수가 어디에 있는지 아는 사람이 아무도 없어."

"네가 찾으면 되겠네."

"그러고 싶은데 방법을 모르겠어. 그때 마지막으로 읽었던 뇌의 정보를 다시 보여줄 수 있니?"

"그래."

알레스는 타자의 요청에 응했다. 관중석으로 공을 던질 때 투수는 백팔 번의 살인을 계획했다. 타자는 투수가 어떤 살인을 계획했는지 확인했다. 당시의 투수의 머릿속에는 백팔 번이라는 살인의 횟수만 들어 있었다. 구체적인 계획이 없었다.

타자가 알레스에게 말했다.

"알레스! 정보가 더 없을까?"

"내가 보여줄 수 있는 것은 거기까지야."

"투수의 남편은 어디에 있지?"

"모르겠어. 떠났다는 사실만 남아 있어."

"어떻게 하면 좋을까?"

"투수의 뇌를 읽으려면 투수를 야구장으로 데려와서 마운드에 세워야 해. 마운드에 올라오면 내가 뇌를 읽을 수 있어."

"내가 타석에 서야 하고."

"그렇지. 나는 타석에 선 타자에게 마운드에 선 투수의 뇌를 읽어서 보여주니까."

"어떻게 하면 투수를 마운드에 다시 세울 수 있을까?"

"어딘가에서 혼자 공을 던지고 있지 않을까? 네가 찾아가."

알레스가 말했다.'

C는 위의 대화를 읽다가 피식 웃었다. 기시감이 들었다. 어딘

가에서 본 듯한 만화의 대화였다. AI가 만화를 학습했구나. C
는 타자가 투수를 찾아내어 친구가 된 후 두 사람이 아무도 없
는 밤의 구장에서 일대 일 대결을 벌이는 결말을 예상했다. 타
자의 알레스, 투수의 알레스, 타자, 투수, 네 존재가 현란한 대
화를 나누는 결말이었다. 만약 만화의 스토리라면 그럴 수 있
을 것 같았다. 머릿속에서는 투수가 살인을 더 이상 벌일 수 없
도록 타자가 설득하는 데에 성공하는 스토리가 펼쳐졌다.

C는 소설을 계속 읽었다.

소설의 진행은 예상과 정반대였다.

밤마다 묻지 마 살인이 벌어졌다. 남자의 가면을 쓴 여자가
죽은 자의 다리를 잘라 야구방망이처럼 휘둘렀다. 죽는 자들은
모두 남자였다.

C는 눈살을 찌푸렸다. 언젠가 읽었던 살인 소설로 되돌아간
것이었다. C는 AI를 생각했다. 재료로 만들어져 있는 이야기
단락을 AI가 끌어와 합성한 것 같았다. 대단하다, 대단해! C는
소설을 계속 읽었다. 이렇게 펼쳐졌다.


'투수는 식판을 벽에 갈았다. 새로 들어온 수인의 목을 발로
밟은 채 식판의 날을 벼렸다. 칼날로 변한 식판에 투수의 눈이
비쳤다. 투수는 고개를 돌려 수인을 바라보았다. 수인의 눈알
에 뜨거운 쇳물을 붓듯 죽일 듯이 노려보았다. 그곳은 교도소

였기에 쇳물을 끓일 수가 없었다. 투수의 분노는 제철소의 용광로 속에 든 섭씨 이천 도의 노란 쇳물보다 열기가 높았다. 투수가 다시 식판을 갈았다. 식판을 벽에 가는 소리가 교도소를 울렸다.

수인은 투수가 뒷목을 밟아서 누르고 있었기에 앞니로 콘크리트 바닥을 긁으며 저항할 수밖에 없었다. 투수가 식판 갈기를 멈추자 수인이 떨면서 이빨을 바닥에 부딪치는 소리가 교도소를 울렸다. 수인은 의붓딸의 몸에 손을 댈 계획을 세운 것이 발각되어 잡혀온 사람이었다. 투수가 물었다. 네가 나를 볼 수 있니? 수인은 대답하지 않았다. 투수는 목을 잘랐다.

백팔 번째의 살해였다. 투수는 피범벅이 된 수인의 몸에서 성기를 찾았다. 그것을 반으로 갈랐다. 깜빡이던 수인의 눈이 감겼다.'


C는 눈을 찡그렸다. 하느님! 왜 이렇게 피를 튀기는 것입니까! 아무리 소설이라지만! 너무해. C는 생전 찾지 않던 하느님을 불러가며 혀를 내둘렀다. AI를 생각했다. 이건 AI가 분명해! 내가 지금까지 뭘 한 거지? C는 마우스를 놓았다.

잠시 후 C는 마음이 바뀌었다.

그래. AI가 썼으니까 시원하게 읽을 수 있는 거야! 사람이 썼다고 한다면 뭘 이런 걸 썼냐고 타박하겠지. 사람이 아니기 때문에 용인되는 잔인함도 장점인 거야. 만약 사람이 썼다고 한다면 분노의 기원이 무엇인지 내놓으라고 아마 추궁할 거야. 남자들이 아무 여자에게나 어디 가냐고 스스럼없이 묻듯이. 열받게. 교도소에서 어떻게 이럴 수 있는 거냐고 사실성이 없음을 비판하면서 시비를 걸 거야. 그것만이 아니지. 사람을 무차별적으로 살해하는 전직 야구 선수가 어떤 배신을 당해서 그렇게 됐는지, 그 배신의 크기가 사람을 이렇게 살해해도 좋을 동기로 충분한지 따지고 물어야겠지. 하지만 사람이 아니잖아. AI니까 이해할 수 있어. AI니까 그럴 수 있다! 사람하고 어떻게 다른지를 보여주니까! 사람은 이렇게 못 쓰겠지! 옛날 독자들은 소설을 읽으면서 대리 만족을 느낀다고 했어. 요즘도 그런가? 아무튼! 이 녀석하고 만나니 대리 만족이라는 게 느껴지네. 대신 창작해주는 것을 읽는 기쁨이 있네. 사람이 썼다고 한다면 치가 떨릴 텐데. 만약 정말로 이게 AI가 쓴 것이라면! 살인 장면은 기계한테 쓰게 하고, 살의에 이르는 분노의 종류에는 괄호를 쳐서 읽는 사람한테 넣어서 읽으라 하면 되겠네! 인간 작가가 쓴다면 괄호 안의 것이 가장 중요하지만 기계가 쓴다면 괄호를 채우는 것은 읽는 사람의 몫이 될 거야. 그것까지 기계한테 주문할 수는 없겠지. 반갑다, AI야.

C는 AI가 쓴 것으로 확정한 후 서서히 소설을 품 가까운 곳으로 끌어당겨서 읽었다.

C는 소설의 결말에서 공감을 느꼈다. 타자가 번민 끝에 야구를 그만둔 후 거액을 들여 대형 음식점을 차렸는데 묻지 마 살해를 백팔 회 채운 투수가 그 음식점의 오븐에 들어가 스스로 구이가 되어 죽는다는 결말이었다. 왜 타자가 음식점을 차리는지, 왜 투수가 하필이면 타자가 차린 음식점으로 들어가는지는 이유가 나오지 않았다. 우연이라 할 수 있었다. 타자는 출근해서 주방을 점검하다가 오븐 속에서 이상한 형체를 발견했다. 그것이 투수의 몸일 것이라 예측한 후 몸을 추슬러 장례식을 치렀다. 타자는 장례식을 끝낸 후 투수의 유해를 들고 야구 경기장으로 갔다. 그 경기장은 초등학교 시절 두 사람이 처음으로 만난 유소년 야구 경기장이었다. 야구장에 바람이 불었다. 타자는 마운드에 투수의 유해를 올려놓고 타석으로 들어섰다. 머릿속으로 상상의 대결을 펼쳤다. 타자의 머릿속에서 두 사람은 투수가 관중석으로 공을 던졌던 순간 이전으로 돌아갔다. 투수는 복수를 위해 자신의 알레스에게 공을 어디로 던져야 하는지 묻고, 타자는 공을 치기 위해 자신의 알레스에게 어떻게 배팅해야 하는지 물었다. 투수의 알레스는 관중석으로 던지라고 조언했다. 타자의 알레스는 타석에서 앉아 있어도 경기를 이길 수 있다고 조언했다. 투수의 머릿속에서는 백팔 번의 살인이 어지럽게 연출되었다. 자기가 왜 사람을 죽이고 다니는지 알 수 없는 장면이었다. 투수는 머리를 흔든 후 와인드업을

크게 했다. 와인드업을 크게 한 후 공을 관중석으로 던졌다. 관중들이 태초의 암흑 속에 진입한 것처럼 고요해졌다. 타석에서 투수의 공을 기다리던 타자는 관중석으로 날아가는 투수의 공을 보다가 헛스윙을 했다. 타자가 헛스윙을 하자 심판이 스트라이크를 외쳤다. 심판의 외침은 투수의 귀에 들어갔다. 투수는 상황을 알아차린 후 타자의 눈을 바라보았다. 타자는 투수에게 '나, 너의 계획을 알고 있어. 살인은 안 돼.'라고 사인을 주었다. 투수가 멍하니 하늘을 올려다보았다. 그것이 상상 속 야구의 끝이었다. 타자는 그런 상상의 야구를 한 후 마운드로 걸어갔다. 마운드에 있던 투수의 유해를 들어 올려 품에 안았다. 그리고 1루 쪽 관중석을 바라보았다. 결승전에서 투수가 복수를 계획하면서 공을 던진 방향이었다. 관중석은 텅 비어 있었다. 타자가 투수의 유해가 든 상자를 보며 말했다. "친구야, 저기에 행복했던 너의 옛날이 있다. 부디 잘 가라." 그걸로 소설이 끝났다.

그것은 C가 읽은 마지막 소설이 되었다. C의 손가락이 마우스를 눌렀다. 마우스 포인터가 읽기 완료 버튼을 눌렀다.


퇴근 시간이 지나서 대표가 리딩 룸으로 왔다. 대표가 말했다.

"제 차로 가시죠."

C가 말했다.

"소설 소감은 언제 말씀드릴까요?"

"차에서 말씀하시는 게 좋겠습니다. 가시죠."

"네."

두 사람은 리딩 룸에서 함께 나왔다.

대표가 운전하는 승용차 안에서 C가 대표에게 물었다.

"대표님! 중요한 것 여쭤봐도 되나요?"

"그러세요. 가능합니다."

"왜 저한테 연락하신 겁니까?"

대표가 말했다.

"무슨 연락 말입니까?"

"처음에 말입니다. 부탁할 게 있으니 만날 수 있겠느냐고 물으셨던 전화, 말입니다."

대표가 물었다.

"왜 했다고 생각하세요?"

"이름이 같다고 하셨는데 그게 이유는 아닐 것 같아요."

C는 대표에게 따님의 이름이라고 말하려다가 따님을 생략했다. 이름을 이야기하는 것도 무례하고 상처가 될 것 같았다. 하지만 꼭 묻고 싶은 말이었다. 대표는 한동안 딸을 생각하는 것 같았다. 표정 변화 없이 앞을 보며 운전했다. C는 스마트폰 캘린더를 바라보았다. D-1. 밤이 지나면 계약 종료일이었다.

대표가 말했다.

"작가님, 골프 해보셨습니까?"

C가 말했다.

"아닙니다."

"테니스 해보셨습니까?"

"아닙니다."

"버추얼로도 안 해보셨습니까?"

"구기에는 흥미가 없습니다."

"권투 해보셨습니까?"

"아닙니다."

"악기 다루는 것 있습니까?"

"없습니다."

"그럼 지금까지 해본 것 중에서 뭐가 재미있었나요?"

"소설 쓰는 것이요."

"훌륭하네요."

"저는 그것밖에 몰라요. 다른 건 할 줄 모르고. 경제적으로 여유가 없어서 취미생활을 시도해볼 수도 없었고."

"직업과 좋아하는 것과 제일 잘하는 것이 하나로 일치하니까 더할 나위 없네요."

"그게 전부예요. 하나를 잃으면 전부를 잃는 거요. 그게 제 문제입니다."

"프로라는 것은 그렇죠. 작가님은 진정한 프로 작가니까."

"진정한 프로 작가 많아요. 저는 돈을 못 버니까 진정한이라는 말은 빼셔야 해요."

"난센스로 들릴 수 있겠지만 작가님처럼 글만 써서 생계를 유지하는 작가는 아무도 없어요. 생각해보세요. 누가 있는지."

"저는 능력이 없기 때문에 강연에도 못 나가고, 창작 수업을 열지도 못하고, 심사위원으로 불려 다니지도 못하고, 글만 쓰는 거예요. 투고해서 잡지에 실리면 원고료를 받고요. 먼저 청탁을 받는 경우는 간혹이고요. 소심해서 텀블벅 펀딩 모집도 못하고요. 아이디도 없어요."

"많은 작가들이 그런 상황이지만 대응하는 방식이 제각각이죠. 다들 능력이 뛰어나서 강연에 나가고, 수업을 열고, 심사위원으로 위촉받는 게 아닙니다. 그 작가들이 얼마나 열심히 그런 자리를 만들기 위해서 애쓰시는 줄 아십니까? 노력해보셨나요?"

"아니요. 저는 투고를 많이 합니다. 오프라인 지면에."

"그게 작가님의 자리입니다. 제 연락을 받았을 때 어떤 기분이 드셨습니까?"

"좋았죠. 기뻤어요."

"왜요?"

"돈이 궁했으니까요. 수고비를 주신다는 말이 감격스러웠습니다."

"뭐하고 계셨어요?"

"소피아라고, 휴머노이드 중에서 제일 진화한 로봇이 있는데, 티브이 쇼에 출연한 동영상을 보고 있었어요."

"그랬군요. 남자들이 만드니까 페이스를 여자로 만들죠. 소유물인 것처럼."

"징그러워요."

"제가 먼저 작가님한테 제안하지 않았다면 작가님과 제가 이렇게 만날 수 있는 기회가 왔을까요? 작가님이 저에게 먼저 이런 일자리가 있느냐고 물을 가능성이 있었을까요?"

"전혀요."

"그래서 작가님은 특별하죠."

"저는 제가 특별하다고 생각한 적 없습니다. 저는 그게 작가의 평균이라고 생각하는데요."

"평균이 아닙니다. 가장 독특한 것입니다."

"작가가 생계를 유지하기 위해 글을 쓰는 것이 가장 독특한 것이라고요?"

"그렇죠. 저를 만나기 전에 작가님은 글만 써도 되었죠. AI처럼."

"AI요?"

"가족이 없고, 취미가 없고, 생각하는 것은 소설 하나. 그게

AI적인 평균이겠죠."

"……."

"그게 현실입니다. 출판사에 일감을 달라고 찾아다니는 작가들 참 많습니다. 모두 얼마나 치열한지 모릅니다. 어쩌다가 제가 먼저 연락을 취하면 작가님처럼, 모두들 돈을 떠올립니다. 제가 하는 일이 돈과 관련된 일이니 어쩔 수 없지만……. 대부분의 작가들은 작가님처럼 옥탑방에서 주어지는 원고료에 자신의 삶을 맞추어서 살지 않습니다. 결혼을 하고, 아이들을 키우고, 부모님을 봉양하고……. 그래야 하니까 일을 찾아다닙니다. 글만 써서 먹고 살아지지 않으니까 글과 관련되지만 쓰는 행위가 아닌 그런 일을 하는 겁니다. 현직 소설가라는 지위는 자격증 같은 것이에요. 제품 보증서이기도 하죠. 소설을 쓸 줄 안다는 능력을 검증 받은 뒤 바이프로덕트(by-product)를 생산해서 살아가는 거죠."

두 사람은 그런 얘기를 하다가 목적지에 도착했다. 대표가 말했다.

"작가를 만나기 전에 와인을 한 잔 하는 게 좋겠어요."

"실례가 되지 않을까요?"

"어차피 모를 거예요. 우리가 와인 마시는 것."

"그렇다면 저도 좋습니다."

C는 곧 작가를 만날 수 있을 것이라는 느낌에 빠졌다.

아티스틱 인텔리전스

실내는 책과 야구용품으로 벽면이 꾸며져 있었다. 야구용품은 AI의 소설을 생각하게 만들었고 책은 대표의 출판사를 생각하게 만들었다. 대표는 스트레스를 풀기 위해 야구 레슨을 받은 적 있다고 했다. C가 말했다.

"책으로 인테리어를 꾸민 가게들이 점점 늘어나고 있는 것 같습니다."

대표가 말했다.

"그만큼 사람들이 책을 안 산다는 것이죠."

"어떤 이유로 그렇게 해석하시는 겁니까?"

"사람들은 이런 곳에 와서 집이 아니라는 느낌을 받길 원하죠. 집에도 있는 걸 바깥에서까지 보고 싶지는 않은 게 사람이잖아요. 책을 노출시키는 인테리어가 많아졌다는 것은 책이 없는 집이 많아졌다는 뜻입니다. 사람들은 책을 보고 싶으면 도서관으로 가죠. 숲을 보고 싶으면 산으로 가고, 물을 보고 싶으면 호수가 있는 공원으로 산책을 나가듯이 말입니다."

"여기는 자주 오시는 곳인가요?"

"제 공간입니다. 하루에 한 번 들러요."

"좋네요. 부러워요."

"여기는 밥도 팝니다. 저녁도 먹고 술도 마시고 그래요. 아래층에 내려가보실까요? 우리 출판사에서 발행한 책을 모두 모아두었습니다. 가시죠."

대표는 말을 한 후 홀을 가로질러 걸었다. 대표가 걸어가는 방향 끝에 지하로 내려가는 계단이 있었다. C는 대표의 뒤를 따랐다. 계단 벽에는 군데군데 야구용품이 걸려 있었다.

지하 공간은 책으로 가득했다. 책 냄새가 코를 자극했다. 책 냄새 참 좋다! C는 약간 흥분되는 느낌이었다. 왠지 가슴이 벌렁거렸다. 마우스를 들고 모니터를 보며 소설을 읽던 리딩 룸보다 천 배는 넓어 보이는 공간에 책이 여유롭게 꽂혀 있었다. 대표는 대표의 출판사에서 만든 책을 모두 모아두었다고 말했다. 그 말이 맞다면 C의 책도 있을 것이다.

C가 대표의 출판사에서 낸 책은 시각장애인과 청각장애인이 만나 점자와 수화를 주고받는 소설이었다. 여자와 여자가 서로

의 몸을 만지는 이야기였다. 그 소설에서는 두 사람이 각각 두 개의 언어를 사용할 수 있어야 대화가 가능했다. 시각장애인은 시력이 없기 때문에 청각장애인의 수화를 볼 수 없고, 청각장애인은 청력이 없기 때문에 시각장애인의 음성을 들을 수 없었다. 두 사람이 소통을 하려면 서로 상대의 언어를 배워야 했다. 손가락 끝으로 점자를 읽는 것에 익숙한 시각장애인은 눈을 감은 채 수화를 배우고, 눈으로 보고 이해하는 수화에 익숙한 청각장애인은 손가락 끝으로 점자를 읽는 법을 배웠다. AI를 활용하면 참 쉬운 소통일 텐데 그 책을 쓰던 당시에는 컴퓨터에게서 그런 기능을 기대하기 힘들었다. 이제는 언어 변환기 어플리케이션이 나와 있으므로 어디서나 세계 각국의 점자와 수화를 번역할 수 있으니 컴퓨터 프로그래밍 영향으로 몇 년 만에 구닥다리로 밀려버린 소설이었다. 스마트폰이 있으면 어떤 조건에 있는 사람이건 상대와 대화를 나눌 수 있는 것이 현실이었다. 이런 시대에 누가 그런 소설을 사서 보겠니? C는 고대의 언어로 책을 펴낸 것처럼 그때가 비현실적으로 멀게 느껴졌다.

C는 서가에 꽂힌 책을 바라보았다. 어디에 있을까? 책을 써서 책으로 생계를 유지하려면 이 책들 사이에서 살아남아야 하는데 어떻게 살아남을까? 출판사 하나가 찍어낸 책이 이렇게 많은데, 출판사를 다 모아놓으면 얼마나 많겠니? 정신 차려라!

많은 책 앞에서 정신이 아찔해졌다. 책으로 손을 뻗었다. 손이 닿은 자리에는 판형이 다른 책들이 들쭉날쭉하게 꽂혀 있었다. 글자가 적게 들어간 그림책이었다. 요즘은 글자가 적게 들어가는 책이 대세이지. 그런데 소설은 오로지 글자로만 이루어져 있지. 그림도 가끔은 들어가지만...... 본질은 글자인 거야. 소설로 벌어먹고 살려면 어디에 어떤 글자를 넣어서 책을 만들어야 하는 거지? 이 많은 책의 작가들은 모두 어디에서 무엇을 하고 있을까? 책등을 손으로 쓰다듬었다. 반가운 친구를 만난 기분이었다. 대표에게 물었다.

"대표님, 여기에 제 책도 있습니까?"

"작가님의 책이요?"

"네. 좀 민망합니다. 안 팔린 책이라."

"무슨 말씀을 하시나 했네요. 작가님의 원고로 우리 회사에서 만든 책을 말하는 건가요?"

"네."

"여기에 있는 것은 제 책입니다. 제가 모아서 진열했거든요. 작가님 책은 작가님 집에 있겠죠. 옥탑방에."

"정확히는 그렇습니다. 제가 쓴 책, 여기에 있습니까? 정렬 순서가 어떻게 되는지 알려주시면 찾아보겠습니다."

"작가님이 찾아보기는 어려울 겁니다. 삼만 종이 넘어요."

"랜덤으로 꽂았나요?"

"프로그램으로 정렬을 시켰어요."

"어떻게 말입니까?"

"비문 분량이 가장 적은 순서대로요."

"가능해요?"

"프로그램이니까. 몇 분 안 걸렸어요. 규칙이 있는 곳에서는 AI가 승자입니다."

"그런데 소설을 쓰는 AI는 왜 만드는 겁니까? 원고료 아껴서 이윤을 높일 목적도 아닌 듯한데요."

"AI를 만드는 건 소설과 관계되지만 소설을 파는 것하고는 거리가 멀어요."

"네? AI를 만들면 작가한테 인세를 지불하지 않아도 되니까 수익이 늘잖습니까. 그러려고 하는 것 아니에요?"

"소설을 팔려고 하는 게 아니라 소설을 쓸 줄 아는 AI를 팔려고 하는 거죠."

"의외네요. 그런 말씀을 하시다니."

"출판사가 작가한테 지불하는 인세는 쥐꼬리예요. 크지 않아요. 인세 감당 못해서 출판사 망했다는 얘기는 못 들었어요. 인세를 감당하지 못할 정도로 팔린다는 것은 감당하지 못할 만큼 큰돈이 출판사로 들어온다는 얘기거든요. 어떻게 망하겠어요? 상식적으로 계산해보세요."

"인세 사기 쳐서 회사 살찌웠다는 얘기를 많이 들어서 그래요."

"악덕이라고 하죠. 소설 쪽은 거리가 멀어요."

"정말인가요?"

"그렇죠. 소설은 소설이니까."

"소설을 팔기 위해서가 아니라 AI를 팔기 위해 소설 쓰는 AI를 만든다고요?"

"그렇습니다."

대표는 미래에서 온 사람 같았다. 비문의 분량을 기준으로 책을 정렬했다는 말이 비현실적으로 느껴졌다. C는 대표의 얼굴을 바라보았다. 차라리 판매부수를 기준으로 정렬했다고 하면 영업적이라고 말할 수 있겠어. 그런데 비문 분량이라니! 꿈을 꾸고 있는 것인가.

C는 오븐을 데워서 그 속으로 들어가 자살하는 투수를 생각했다. C와 나이가 비슷했다. 남편이 어떻게 떠났는지는 생략했다. 소설을 생각하자 현실감이 들었다. AI가 쓴 것이다. 그걸 말해주려고 대표는 종이 책이 있는 공간으로 C를 데려간 것이다. AI가 있다, 없다, 라고 말할 수 없는 이유가 대표에게도 있다. 컴퓨터는 없다. AI가 어디에 있는지 대표도 모른다. C는 그렇게 생각하며 손바닥을 바지에 문질렀다. 손에 땀이 흥건했다.

C가 말했다.

"대표님!"

대표가 말했다.

"네, 작가님!"

"대표님이 개발하시는 것은 언제 완성이 되나요?"

"왜요?"

"제가 작가들에게 스파이 짓을 해온 것이 아닌가요? 완성이 되면 작가들은 완전히 밀려나는 거잖아요. 그 나쁜 일을 제가 한 것 아닙니까?"

"이렇게 생각해보면 어떨까요? 완성이 뭐죠?"

"완성이 뭐냐고 물으시니 할 말이 없네요."

"완성이 언제 되느냐고 먼저 물은 건 작가님이시잖아요."

"그랬죠. 소설이 아니라 AI를 물으려고 했던 거니까요."

"소설에서 완성이 무엇인지 말할 수 없는 것처럼 AI도 마찬가지입니다. 언제 완성이 되느냐! 언젠가 제게 작가님이 했던 말을 제가 좀 사용해보겠습니다. 작가들이 원고를 끝내는 것이 어떻게 가능하다 하셨죠? 마감이잖아요. 마감이 없이는 원고가 없어요. 마감이 되면 넘기는 겁니다. 소설을 쓴다는 건 마감을 지킬 줄 안다는 것입니다. 저도 제출 마감 날짜가 되면 완성을 하겠죠. 더 고칠 수 없는 게 완성이잖아요."

"어디에 제출하는 겁니까?"

"그건 영업 비밀입니다."

C는 주위를 둘러보았다. 그곳에 컴퓨터는 없었다. C가 말했다.

"솔직히 말해주세요. 대표님 지금 제가 AI랑 일을 해왔던 거 맞죠? 모든 글이 AI가 쓴 글이었죠?"

"좋을 대로 생각하세요."

"AI가 글을 잘 쓴다면 어떻게 되죠? 인간 작가보다?"

"제가 처음에 작가님에게 물었던 질문이 그것이었어요. 자존심 상하지 않겠느냐고 물었죠. 기억나나요?"

"아니요."

"작가님은 그때 이렇게 답하셨어요. 글쎄요. 어떤 소설이냐에 따라 다르겠죠. 독자들이 좋아하면 되는 것 아닐까요? 그렇게 대답했어요."

"잘 모르겠어요. 정말로 AI가 인간 작가보다 글을 잘 쓰게 되면 어떤 기분이 될지."

"독자가 선택하겠죠. AI가 글을 잘 쓰게 된다 할지라도 인간 작가가 쓰는 글을 선택하는 독자도 있을 겁니다. 지금보다 많이 줄어들겠지만."

"지금도 소설을 읽는 독자가 줄어들어서 고민인데 앞으로는 참 암담하네요. 거기에 AI까지 가세하면."

"제 생각은 이렇습니다. 아무리 그런다 하더라도 작가님 같은 작가는 필요합니다. 굉장히 귀한 존재가 되겠지요. 독자들은 앞으로 자기가 요리한 음식을 준비해서 파티에 참석하는 것처럼 자기가 만든 서사를 준비물로 지참해서 파티에 갈 수도 있어요. AI한테 수행 명령을 내려서 이야기를 만들어 가지고 모임에 가는 상상을 해보세요. 불가능하지 않죠? 요즘은 글쓰기에서 스토리텔링에 집중하는데 더 중요한 것은 스토리 메이킹입니다. 그렇지 않나요? 작가들이 세상에 기여하는 일이 '없는 스토리'를 만드는 것 아닙니까? 현재 있는 이야기를 텔링하는 AI는 이미 많아요. 말씀드렸잖아요. 판사들의 판결문이나 데이터 분석 아티클은 기계가 훌륭하게 역할을 하고 있다고요. 소설 쓰는 AI는 거짓과 허구를 만들 수 있는 능력을 가지고 있게 될 거예요. 지금은 작가들이 만들어 배포하는 서사를 중심으로 독자들이 움직이지만 AI가 정비되면 독자들은 자급자족할 겁니다. 서사의 자급자족 시대가 펼쳐지는 거죠. 셀프 독자라고 부르면 어떨까요? 셀프 독자들은 진정으로 원하는 소설을 자기가 만들어서 자기가 읽습니다. 정말로 훌륭하고 감동적인 글은 자기 안에 있는 글이니까요. 타인인 작가에게 강요당하지 않고 자기 자신의 글을 읽게 될 거예요. 가령 첫 문장을 썼을 때 나머지를 완성해주는 AI라거나, 이런 저런 이야기를 해달라고 했을 때 그에 맞춰서 써 주는 AI……. 공모전이나 백일장은 글쓰기 능력을 테스트하는 정형화된 방식이죠. AI는 우선 콘테스트에 출전할 수 있는 능력을 학습할 것이고 차츰 진화하겠죠."

"음……. 저 같은 사람은 어떻게 되는 거죠? 그런 이상적 모형에서?"

"이상적 모형이라고 하시는군요? 그런 모형은 모형으로만 남지 않을 겁니다. 실현이 될 테죠."

"셀프 독자가 많아지더라도 작가는 필요하겠죠?"

"당연하죠. 작가가 필요 없는 시대는 없을 겁니다."

"……."

"AI와 독자를 중재하는 작가도 존재하게 될 거라고 봐요. 선택하기를 싫어하는 독자의 경우에는 선택 도우미를 필요로 하겠죠. AI에게 글을 주문했는데 어떤 것이 자기 주문에 응하는 글인지 판단하기 귀찮은 독자가 있다고 할 때 작가가 나서서 그 독자의 판단에 도움을 주는 존재로서 능력을 발휘할 수 있지 않겠습니까? 그럴 때 작가들은, 지금보다 더 소설로 살아가는 비중에 비해 소설 쓰는 사람으로 살아가는 비중이 늘 겁니다. 작가들도 진정한 작가, 훌륭한 작가가 되기 위해 AI를 활용할 겁니다. 작가가 AI를 이용한다면 누가 얼마나 엉덩이를 의자에 오래 붙이고 쓰느냐에 따라 질이 결판난다는 지금의 통념은 이 세계에서 사라집니다. 누가 AI를 이용하느냐에 따라 문제는 달라지지 않겠습니까? 문제는 하나로 귀결됩니다. 어떤 것을 쓸 것이냐! 무엇을 쓸 것이냐!"

"그런 AI를 왜 만들죠?"

"지금은 돈을 위해서죠."

"소설은 시장이 작아져서 장이 안 선다면서요."

"다시 얘기가 반복되는 감이 있네요. 작가님, 생각해보세요. 소설 장사가 아니라 AI 장사예요. 생각해봐요. 체스 챔피언 컴퓨터, 바둑 챔피언 컴퓨터, 얘네들 어디서 뭘 하고 있을까요?"

"체스 두고, 바둑 두고 있겠죠."

"누구랑?"

"글쎄요."

"가령 제가 그 컴퓨터와 체스나 바둑을 두고 싶다고 했을 때 제가 그럴 수 있는 기회를 가질 수 있을 것 같습니까? 언감생심, 그런 일은 있을 수 없습니다. 일반인이 챔피언 AI와 어떻게 만납니까! 챔피언 AI는 기업이 가지고 있습니다. 기업에서 그걸 아무한테나 공개할 것 같습니까? 기업들은 기업들끼리 경쟁하죠. 더 바둑을 잘 두고, 더 체스를 잘 두는 AI를 만들려고 하죠. 사람과 함께 하는 바둑대회에서 상을 받으려고 그러는 건 아니죠. 체스의 발전을 위해서 그러는 것도 아니고요. 출판사도 마찬가지입니다. AI가 소설을 쓰면 궁금하긴 하지만 그 소설을 책으로 만들지는 않아요. 돈이 안 되니까. 그게 시장의 현실입니다."

"그럼 왜 소설이 돈이 안 되는데 돈을 위해서 AI를 만든다고 말씀하신 건가요?"

"전체에 통합될 부분을 만드는 거겠죠. 소설 쓰는 AI는 전체 AI의 부분이 될 겁니다. 작곡하는 AI, 건축 설계하는 AI처럼.

아티스틱 인텔리전스가 되는 거죠."

"그런데 대표님!"

"네."

"확인하고 싶네요. 지금까지 제가 읽은 것 모두 AI가 쓴 글 맞나요?"

"편하실 대로 생각하세요."

"대표님은 어떤 역할을 하셨어요? 첫 문장을 제시하고 주인공을 여성으로 설정하고 복수하게 했나요?"

"우리가 살아온 역사를 보면 사람이 기계를 만들 때는 힘듦을 줄이려고 만들었는데 어느 경계를 넘어가면 기계는 인간을 대신하는 것에서 인간이 하지 못하는 것을 해주는 존재로 바뀌었죠. 인간은 하지 못하는 계산을 컴퓨터만 할 수 있는 것처럼. 숫자 계산은 기계가 하는 것과 인간이 하는 것이 같지만 문학은 아닐 겁니다. 기계가 쓰는 글과 인간이 쓰는 글은 다를 거예요. 그래서 인간 작가는 계속 존재할 수 있는 거죠. 기계와 함께. 이기고 지는 관계가 아니라 주고받는 관계가 될 겁니다. 작가님도 AI가 썼다고 하면 읽을 만하다고 느낀 글들이 있잖아요. 사람이 썼다고 하면 도저히 못 읽을 글을요."

"저, 이제 계약 기간이 끝납니다."

"알고 있습니다."

"제가 계속 일을 하게 되면 저는 뭐가 되죠?"

"화산 지형 해안에 있는 맑은 물."

"무슨 말씀이신지."

"부탁이 있습니다. 작가님, 너무 애쓰지 마세요. 데이터 라벨링을 하는 것처럼 단순하게 생각하면 좋겠어요. 창작하려고 하시지 마시고요. 짜낼 것이 없는데 짜내려고 하면 힘만 들죠. 너무 볶으면 타버립니다. 기름을 빼려면 적당히 볶아야 하죠. 태운다는 것은 기름까지 날려버린다는 것입니다. 태우고 나면 재만 남죠. 볶는 것은 적당한 열을 가해야 합니다. 참깨를 볶으면 참기름, 들깨를 볶으면 들기름이 나오죠. 생것을 짜면 주스이고 마른 것을 짜면 기름입니다. 갈아 만들면 주스이고 액을 빼면 기름입니다. 볶아서 누르면 기름이 나옵니다. 기름에는 과육이 들어가지 않죠. 주스는 달라요. 파인애플 주스에는 파인애플 과육이 통째로 들어가잖아요. 올리브 오일은 생 올리브를 압착해서 기름을 빼내죠. 과육은 넣지 않고요. 커피콩을 볶아서 가루로 빻은 다음 머신에 넣으면 에스프레소 원액이 나오는데 에스프레소는 주스가 아니라 오일입니다. 태운다는 건 그 오일까지 연기로 만들어 버린다는 뜻입니다. 작가님은 안에 오일이 많아서 잘 타버릴 가능성이 커요. 그렇게 태우지 마세요. 검댕만 남는 거예요."

"그런가요?"

"모래를 생각해도 좋아요. 모래에서는 아무것도 나오지 않습니다. 모래를 짰을 때 액이 나온다면 그것은 모래 자체에 들어 있던 것이 아니라 모래 사이에 끼어 있던 이물질입니다. 어제 내린 빗물이거나 밤사이에 밀려왔다가 바다로 다시 돌아가지 못해서 남은 바닷물인 거죠. 모래에서 물이 나오는 것처럼 보이지만 그것은 착각이죠."

"그래서요?"

"작가님! 일을 하시는 것으로 자신을 적당하게 볶는다고 생각하시면 어떨까요? 오일을 짜기 위해서."

"저는 차라리 모래라고 생각하는 게 도움이 되지 않을까 합니다."

"제가 모래라는 말을 꺼냈다고 해서 모래라는 말에 너무 자괴감을 받지 마세요. 모래는 거르는 존재입니다. 잔모래는 작은 찌꺼기까지 거르고 굵은 모래는 빠른 시간 안에 큰 찌꺼기만 거르죠. 짜낼 게 없을 때는 걸러주는 역할을 하는 것도 나쁘지 않아요. 저하고 하신 일이 그런 종류 아니었습니까? 화산 지형을 통과한 빗물이 해안에 모이면 얼마나 맑은 물로 변해 있습니까. 모래가 있으니까 가능한 일입니다."

"그러니까 제가 지금까지 읽은 소설은 모두 AI가 썼다는 거죠?"

"AI가 어디에 있는지, 저도 모릅니다. 어디에 있는지도 모르면서 명령을 내리는데, 명령을 내리면 결과가 오니 참 신기하고 미칠 일이죠."

"제가 계속 일을 한다면 AI가 뱉어내는 찌꺼기를 걸러내는 것이죠? 창의력 없이?"

"작가님을 실망시키려고 했던 말이 아닙니다. 현재의 상태를 함께 생각해보자는 거죠. 정수기 역할을 하시는 거죠, 작가님은."

"그게 제 역할의 최대치라는 거죠? 모래 같은 인간, 정수기 같은 인간."

"작가들은 AI와 독자를 연결하는 메신저가 되는 거죠. AI에게는 변별 능력이 없으니까, 당분간 수많은 것 중에서 나쁜 것을 걸러내는 파수꾼이 필요합니다. 좋은 AI를 만들기 위해 필요하고, 의미가 깊은 일이라고 생각해요, 저는."

"모래를 짜면 아무것도 안 나온다……. 깊이 생각하겠습니다."

"힘내세요. 자신을 좀 아끼시는 게 좋을 것 같아요. 자신을 괴롭히지 마세요. 주어진 일을 능력 안에서 해내는 거죠. 모자라면 모자란 대로요. 정말 좋은 에너지는 작가님이 자신의 작품을 창작하는 데에 쓸 수 있도록 비축하시고요. 회사에서 볶음을 당하고 집에 가셔서 오일을 짜면 일석이조가 아닌가요?"

"재계약을 하라는 말씀이시죠?"

"하실 건가요? 저는 작가님이 일하시는 스타일이 마음에 들었습니다."

"잠깐 바람 좀 쐬고 오겠습니다."

C는 자리에서 일어났다. 대표가 C의 얼굴을 바라보았다. 딸을 바라보는 엄마 같았다. C는 대표의 물음에 답하지 않았다. 고개를 숙인 채 발끝으로 바닥을 툭툭 쳤다. 바닥에는 딱딱한 타일이 깔려 있었다. 딱딱한 타일 위에 운동화가 있고, 그 운동화 위에 발이 있고, 발 위에 종아리가, 종아리 위에 무릎이, 무릎 위에 허벅지, 허벅지 위에 배, 배 위에 가슴, 가슴 위에 목, 목 위에 머리가 놓여 있었다. C는 머리로 재계약에 대해 생각했다. 그러니까 볶여달라는 말이지? 계약이 끝났으니 작별 파티를 하자는 뜻은 아니지? C는 한숨을 푹 내쉬었다.

대표가 서가 사이로 걸어갔다. C는 대표의 등을 바라보다가 눈을 돌려 서가를 둘러보았다. 내 책은 어디에 있을까? 사막에 던져진 기분이었다. 책에서 모래 냄새가 났다. 대표를 불렀다.

"대표님!"

대표가 뒤로 돌았다.

"네. 말씀하십시오, 작가님."

"제가 원고 만들면 제 원고 사실 건가요?"

"무슨 원고 말입니까?"

"소설 말입니다."

"듣기 참 좋네요. 제가 말씀드렸잖아요. 좋은 에너지는 작가님 소설 쓰시는 데에 사용하시라고. 그런데 우리 출판사는 이제 소설책 안 만듭니다. 그런 지 좀 됐습니다."

"정말입니까? 왜요?"

"돈이 안 되니까요."

대표의 말투는 단호했다. C가 말했다.

"그래도 제 책은 만들어주실 거죠?"

대표가 말했다.

"재계약을 하기로 결정하시면 생각해볼게요."

C는 씁쓸히 웃으며 고개를 끄덕였다.

대표가 책을 한 권 뽑아서 C에게 다가왔다. 대표가 말했다.

"작가님의 책, 여기에 있네요."

C는 자신의 책을 보았다. 대표가 웃었다. 이미 책이 꽂혀 있는 자리를 알고 있었다는 웃음이었다.

에필로그

C는 건물에서 나와 걸었다. 고층아파트 옥상 난간 위에 발을 디디는 기분이었다.

이대로 걸어간다면 AI가 어디에선가 마중을 나올 것 같았다. 함께 가요. 나랑 같이 소설을 써요. AI가 말할 것 같았다.

AI는 형태가 없으니 개별이면서 전체일 수 있다. 자동차를 운전하는 AI에게 소설 쓰는 AI를 부착할 수 있고, 우주를 탐험하는 AI에게 소설 쓰는 AI를 부착할 수 있다. 몸이 각자인 사람은 둘 이상을 하나로 뭉뚱그릴 수 없지만 수천 개의 AI는 하나의 AI로 통합될 수 있다.

C는 생각했다. 내가 가르친 AI는 어떤 기업의 어떤 AI의 한 부분이 될까? 소설을 쓸 줄 안다고 광고하면 AI의 어떤 이미지

가 높아질까? AI야, 우리가 소설을 쓰는 존재여서 세상에 어떤 기여를 하는 거지? 넌 어떤 기업으로, 어떤 목적에 소용되어서, 얼마에 팔려가게 될까? 나도 너에게 들어가서 너처럼 팔려갔으면 좋겠다.

C는 AI와 몸을 합치는 상상을 했다. 몸은 옥탑방 침대에 눕혀놓고 형체가 없는 정신의 형태로 연기처럼 머릿속에서 빠져나와 컴퓨터 안으로 들어갔다. 인간 작가, 소설 쓰는 C야! 너 지금 무슨 상상을 하는 거냐! C는 피식 웃으면서 하늘을 올려다보았다. 하늘에는 별인지 인공위성인지 모를 물체가 반짝반짝 빛을 발했다.

걷다 보니 커피 전문점이 나왔다. 출입문 손잡이 옆에 이십사 시간 운영한다는 팻말이 걸려 있었다. 다른 가게들은 문을 닫은 밤이었다.

C는 문을 열고 들어갔다. 접수원이 환하게 웃으며 환영했다. C는 음료를 고르기 위해 천정에 매달린 메뉴를 읽었다. 과일 음료는 주스이고 커피는 오일이다. 그런데 가루를 뜨거운 물에 넣어서 만드는 너는 주스냐? 오일이냐? 말린 잎을 넣어서 우려내는 차야, 너는 주스냐? 오일이냐? 아무튼 모래는 아니지. C는 주스와 오일은 다르다는 대표의 말을 생각했다. 안에 오일이 많아서 쉽게 타버릴 수 있으니 조심하라는 말을 떠올렸다. 소설책은 안 만들면서 소설 쓰는 AI를 납품하는 출판사 대표.

출근을 하면 코앞에서 맞닥뜨리는 사람임에도 불구하고 굉장히 먼 과거에 있는 사람인 것 같았다.

접수원이 주문하기를 요청했다. C는 에스프레소를 두 잔 주문했다. 접수원이 물었다.

"에스프레소 두 잔 맞습니까?"

C가 대답했다.

"네. 맞습니다."

접수원은 접수를 받은 후 커피 머신이 있는 곳으로 걸어갔다. 접수원은 커피 머신에서 에스프레소를 뽑았다. 에스프레소는 검은 오일이었다.

왜 두 잔을 선택했을까? AI한테 정이 든 것일까? AI야. 너도 불쌍하다. 너를 사 가는 사람은 너의 소설을 읽지 않는다는 사실을 너는 언제 알게 될까? 소설에 의해서 팔려가는 게 아니라 소설을 쓸 줄 안다는 것에 의해서 팔려간다는 걸 넌 언제 알게 될까? C는 AI가 팔려가서 주인의 감성을 변화시키는 장면을 상상했다. 가서 잘 해라. C는 소설을 쓸 줄 아는 AI가 세계를 구성하는 전체의 일부로서 역할을 잘 해내고 사람들로부터 칭찬을 받기를 기도했다.

잠시 후 음료가 나왔다. C는 음료를 받아서 창가 자리로 갔다. 에스프레소 두 잔을 나란히 놓았다. 바깥을 바라보니 창에 자신의 얼굴이 흐릿하게 나타났다. 그 얼굴은 바깥 풍경과 섞여 있었다. C는 회사의 화장실에서 떠올렸던 한 줄을 생각했다. 낮의 창에는 타인의 얼굴이 나타나고 밤의 창에는 나의 얼굴이 나타난다. 왜 이런 문장이 떠올랐을까. 창에 C의 얼굴이 나타났다. 옥탑방에서 소설을 쓰는 사람이었다. C는 생각했다. AI가 있다면 좋겠다. 착하고 말 잘 듣는 AI라면 좋겠다. C는 재계약을 하기로 마음먹었다. 다시 출근해서 AI가 나쁜 소설을 못 쓰게 막아야겠다. 좋은 소설을 쓰게 해서 나쁜 소설을 쓰는 작가들을 절망시켜야겠다. 몸에 열을 가해 볶기까지만 하자. 태우지는 말자. 나는 나의 소설을 쓰자.

# 인간의 소설

조대한(문학평론가)

 

 

기계와 유기체의 결합인 '사이보그(Cybernetic Organism)'라는 단어가 클라인즈와 클라인에 의해 처음 소개되었던 1960년대만 하더라도 그것은 퍽 전복적인 개념이었을 것이다. 잘 알려진 해러웨이의 선언문에서도 익히 드러나듯 사이보그는 단순히 기계와 인간이 결합된 형상을 지칭하는 것이 아니라, '키메라'의 비유처럼 인간 고유의 물성을 다른 종으로 뒤바꾸는 존재론적 변화의 의미까지 일정 부분 담고 있었다.[1] 하지만 여러 서사물에서 근미래의 숫자로 지정되던 2020년을 훌쩍 지나온 우리들에게 그것은 더 이상 생경한 감각의 단어만은 아닌 듯하다. 눈과 귀와 발이 되어주는 일상의 여러 기기들 덕분에 우리

---

1 도나 해러웨이, 황희선 옮김, 『해러웨이 선언문―인간과 동물과 사이보그에 관한 전복적 사유』, 책세상, 2019, p.20.

들 또한 넓은 의미에서 기계와 물리적으로 접합된 삶을 살고 있는 유기체이기 때문이다.

한데 정신의 영역으로 넘어오면 이야기는 조금 달라진다. 이미 상당 부분 테크놀로지에 의존하여 문명 생활을 영위하고 있는 우리들이지만, 인공적으로 만들어진 존재가 인간의 사유와 정신 활동을 대체할 것이라는 전망에 대해서는 미래 기술을 향한 기대감 못지않게 생리적인 거부감이 솟아오르기도 한다. 이 같은 반감에는 정신이라고 하는 것이 침범되어서는 안 될 고유한 영역이자, 그 활동의 연속체로 구성된 '나'의 의식이야말로 인간을 구성하는 본질에 가깝다는 관념이 담겨 있는 듯하다. 더 이상 '나눠지지 않는(Individual)' 근대 개인의 존재론적 증명이 사유하는 나로부터 출발되었다는 사실은 이를 여실히 보여준다. 미래 사회가 다가와 기계가 다수의 직종을 잠식하더라도, 인간만이 행할 수 있는 고유한 활동의 심리적 저지선으로 문학, 미술, 음악 등 정신의 창조적 행위를 중시하는 예술이 늘 거론되는 것은 그러한 인식이 반영된 결과일 것이다.

그러니 체스나 바둑 분야의 선례와 마찬가지로 인공지능(Artificial Intelligence)이 그 어떤 인간보다 "소설을 잘 써낸다고 한다면" 그것은 단순히 개별 "작가 입장에서 자존심 상할"(22쪽) 일일뿐만 아니라, 인간의 뿌리 깊은 자존감이 상처를 받는 일이기도 할 것이다. 하지만 그 강도의 차이는 있을지언정 국

내외 여러 공모전에서 인공지능이 창작한 소설의 응모와 심사가 실제로 행해지고 있는 최근의 사례들을 떠올려보면, 예술의 고유성에 대한 믿음이 조금씩 무너져 내리고 있는 듯싶기도 하다.

이런 복잡한 정동들이 얽힌 시대의 지반 위에서 『AI가 쓴 소설』이라는 다소 도발적인 제목을 내건 박금산 장편소설의 첫 장면은 이렇게 시작된다. "소설 쓰는 인간 C"가 "AI를 만드는 출판사의 대표"(11쪽)의 서가를 방문해서 다음과 같은 질문을 던진다. "대표님, 여기에 제 책도 있습니까?" 대표는 영문을 모르겠다는 양 대답한다. "여기에 있는 것은 제 책입니다. (…) 작가님 책은 작가님 집에 있겠죠."(9쪽)

소설가 C가 언급한 '제 책'은 아마도 본인이 쓴 소설책을 말하는 것일 테고, 원고의 내용을 저술한 이가 해당 창작물의 주인으로 간주되는 일반적인 인식과 그에게 주어지는 배타적인 법적 권리를 떠올려볼 때 이는 그리 무리한 표현도 아닌 듯싶다. 한편 대표가 말한 '제 책'은 작가 C의 원고로 본인의 출판사에서 만들어진 물건이자, 직접 진열한 서가에 꽂혀 있는 자기 소유물을 뜻할 것이다. 그의 표현이 다소간 매정하고 엄격하게 느껴지는 면도 없진 않으나 "출판사가 작가한테 지불하는 인세는 쥐꼬리"(10쪽)이고 그 사용료의 비율이 통상 10% 정도임을 감안했을 때, 책을 둘러싸고 있는 순수한 물리적 할당의

측면에서 작가 C의 배분은 소유격 표현이 민망할 정도로 턱없이 적은 것이 사실이다.

이만큼만으로도 소설 창작자의 심기를 제법 거스를 만한데, 이에 더해 대표는 자신의 출판사에서 AI를 만드는 것은 소설을 판매하기 위해서가 아니라, "소설을 쓸 줄 아는 AI를 팔려고 하는"(10쪽) 것임을 C에게 명확히 밝힌다. 즉 그에게 소설은 건축 설계, 작곡, 드로잉처럼 AI가 인간적인 능력을 입증하고 채워 나가기 위한 하나의 방편에 불과한 셈이다. 이처럼 이 작품은 단순히 인공지능이 만든 흥미로운 소설의 사례를 보여주는 데 그치는 것이 아니라, 그것을 매개로 하여 소설을 둘러싼 우리의 지극히 인간적인 관념들을 건드리며 우리가 넘어서야 할 질문들을 던진다.

그 날카롭고 다채로운 질문 모두를 다루는 것은 불가능하겠으나 범박하게나마 세 가지 정도를 언급해볼 수 있을 것 같다. 첫 번째는 '소설과 노동'에 관한 것이다. 이 작품의 본격적인 서사는 주인공인 소설가 C가 출판사 대표와 맺은 모종의 노동 계약에서 시작된다. 대표는 C에게 회사원처럼 출근을 하되, 업무 시간 동안 소설을 읽고 소감을 말해주기만 하면 세 달 치의 월급을 선불로 지급해주겠다는 제안을 한다. 왜 자신에게 이런 제안을 하는지 잠시 의문에 빠지긴 하나 돈이 궁했던 C는 "돈도 벌고 호기심도 채우는 일석이조의 행복한 우연"(31쪽)에 감사하며 일을 맡게 된다. 리딩 룸에서 주어진 소설을 읽고 대표와 그에 관한 대화를 나누고 퇴근하는 일이 처음에는 언뜻 손쉬워 보였지만, 시간이 지날수록 C는 점차 힘겨움을 느낀다. 이유 없는 살인 장면이 반복되는 소설들, 강박증 환자의 독백과도 같은 파편적인 문장의 소설들을 연이어 읽으며 C는 자신이 "읽기 고문을 당하는" 어떤 "실험에 끌려든 것이 아닌가"(97쪽) 하는 상상까지 하게 된다. 창작 과정의 일부였던 소설 읽기는 이제 고된 업무가 되었고, 정작 작가로서 그는 노동의 피로와 "피곤 때문에 글을 쓸 수 없"(167쪽)는 상황에 처한다.

노동은 근대적 개인을 규정할 때 빼놓지 않고 거론되는 중요한 요소 중 하나이다. 호모 라보란스(Homo laborans)에게 노동은 물적 가치를 생산하는 일임과 동시에, 성실한 노동과 이윤 추구를 통해 약속된 구원에 이를 수 있다는 칼뱅주의와 맞물리며 유의미한 삶의 완성과 개인의 자아실현을 이룩하는 수단이 되기도 한다. 대표에게 고용되기 이전의 C에게 소설 쓰기는 가치 창출 수단이자 유일하게 할 수 있는 일이라는 점에서, 소명으로서의 근대 노동의 형상에 가까웠던 듯하다. "직업과 좋아하는 것과 제일 잘하는 것이 하나로 일치"하는 C는 "글만 써서 생계를 유지하는 작가"(220쪽)였다. 하지만 출판사에 고용되어 읽기 노동을 시작하고 난 이후부터 그에게 '돈을 버는 일'과 '소설을 쓰는 일'은 별개의 것이 되고 말았다.

인공지능의 당위성 중 하나가 인간의 일을 대체하는 것임을 떠올려볼 때, AI가 소설의 물리적 노동 시간 대부분을 대신하게 될지도 모를 근미래에서 작가들은 "원고료에 매달리지 않아도 되니 훨씬 더 인간적이고 예술적인 작품만을 창작해"(19쪽)낼 수 있을까. 혹 물적 노동과 깨끗하게 분리된 소설은 더욱 소수만이 즐기는 여분의 유희 활동으로 전락하게 되지는 않을까? 이 작품은 글쓰기만으로 벌어들이는 수입이 평균 연봉 550만 원으로 치환되는 시대[2]를 살아가는 우리들에게 노동과 분리되어가는 소설의 미래가 과연 어디에 놓여 있을지에 대해 쉽지 않은 질문을 남긴다.

두 번째는 '소설적인 것' 그 자체에 관한 질문이다. AI가 썼으리라 추정되는 소설들을 반복하여 읽던 C는 처음엔 해당 작품이 지닌 결함과 부족함에 대해 이야기를 나누다가, 점차 본래 인간이 쓴 소설이 지녀야 하는 미학적 덕목은 무엇인지 고민하기 시작한다. 그 과정에서 AI가 지닌 도식적인 패턴과 대비되어 언급되는 소설의 미덕 중 하나가 바로 '우연성'이다. 그것은 "우연이 아니면서도 우연인 것처럼 보이게 하는 무언가"(75쪽)로 묘사된다. 가령 C가 읽은 여러 소설들 중에는 컴퓨터가 장착된 헬멧을 쓴 야구 선수의 이야기가 있다. 후반부까지 여러 형태로 변주되는 이 소설의 초기 버전은 투수의 공을 완벽히

---

2   2018년 문화체육관광부에서 발표한 예술인 실태조사 참조.

분석하는 헬멧을 사용하여 승승장구하는 주인공과, 그 헬멧을 훔치다 몰락하게 된 악인 선수의 스토리로 구성되어 있다. C는 이 작품이 "도식적인 상상에서 출발"(126쪽)하여 권선징악의 해피엔딩에 도착하는 "남성형 정의감"(125쪽)의 전형을 따르는 소설이라고 비판한다.

그러한 도식성을 극복하는 개선책으로 C가 제시하는 것은 주인공의 '다정함'과 악인의 '세속적 욕망'에 대한 자세한 탐구, 즉 예측하기 어려운 우연한 인간의 마음을 탐구하는 일이다. C의 제안 이후 개선된 한 소설에서 악인 선수는 주인공의 헬멧을 훔치긴 하나 이전 버전의 이야기에서처럼 단순한 비극적 결말을 맞지 않는다. 인간 선수로서 자신이 할 수 있는 일과 기계에 의해 결정된 승리 사이에서 고뇌하던 그는 결승전 경기가 열리던 날 1루로 걸어 나가 여유로이 베이스를 깔고 앉는다. C가 말한 "악인 타자의 좌절과 고민"에서 나오는 "가장 소설적인 순간"(126쪽)을 구현함으로서 그는 경기의 주인공이 될 순 없었지만, 그 순간 소설의 중심에 선 인물이 된다. 그리고 이 컴퓨터 헬멧과 야구 선수의 이야기는 당연하게도 소설 쓰는 AI와 작가의 구도에 직접 맞닿아 있는 메타포이기도 하다. 『AI가 쓴 소설』은 이 같은 여러 메타적인 이야기와 사례들을 통해 좋은 소설이 지녀야 하는 미적 요소들은 무엇인지 우리를 다시금 고민에 빠지게 만든다.

세 번째는 '소설과 인간의 범주'에 관한 질문이다. 이 작품 속에는 작가 C가 자신의 습관적인 독법에 대해 자책하는 장면들이 종종 등장한다. 그것은 주로 남성, 인간 중심주의적인 인식과 독해로 그려진다. 예컨대 C는 자신이 읽었던 살인을 일삼는 야구 선수 이야기, 군인들이 전쟁을 하는 이야기, 묻지 마 살해범의 복수 이야기들의 "주인공들에게 성별이 없었음을"(145쪽) 뒤늦게야 깨닫게 된다. 그리고 지겹게 반복되던 그 이야기들이 젠더의 재배치로 인해 다른 가능성을 지닌 유동적인 서사로 뒤바뀔 수 있음을 체감한다. 또 우주를 배경으로 하는 소설 속 외계 존재들에게 관습적으로 사용하던 '외계인'이라는 표현을 두고서는, "외계의 생명체가 어떤 형상을 하고 있는지는 아무도 확인한 적이 없었"(54쪽)음에도 불구하고 자신이 외계 존재들을 인간의 형상을 한 지적 생명체로 상정하여 소설을 독해하고 있었음을 깨닫고 그를 반성하기도 한다.

특히 주목해야 하는 건 C가 읽고 있는 소설들의 창작 주체가 처음부터 끝까지 명확하게 드러나지 않는다는 점일 것이다. 글이 수정되는 속도와 정황, 여러 도식적 패턴들을 고려할 때 그 소설들은 분명 인공지능 프로그램의 도움을 받은 결과물이라 짐작되지만, 서사가 종결될 때까지 소설을 쓴 작가는 끝내 등장하지 않고 대표조차도 AI의 위치와 정체에 대해 확답을 내려주지 않는다. 이 같은 창작 주체의 모호함은 AI를 바라보는 둘의 다소 상반된 태도에서도 잘 드러나는데, C는 에필로그의 대목에서 불필요한 여분의 커피를 주문하며 그간 정이 든 AI를 일종의 인격체로 여기는 모습을 보인다. 반면 대표는 독립적인 창작 주체라기보다는, 작가가 글을 쓰는 데 활용할 수 있는 상보적이고 부분적인 존재로서 AI를 바라보는 듯하다.

인공지능 논의의 핵심적인 쟁점 중 하나는 AI를 개별 주체로 인정할 수 있는가에 관한 것이다. 실제 유럽연합에서는 SF 소설가 아시모프의 유명한 3원칙을 기반으로 하여 인공지능에게 법인격을 부여하는 논의를 수행한 바 있다. 이 소설에서도 C는 인간의 마음을 탐구하는 컴퓨터에게 필요한 것은 "기본적으로 에고에 대한 사랑"(128쪽)이라고 말하며 독립된 존재로서 그에게 이름을 붙여줄 것을 제안하기도 한다. 그러니 결국 AI가 인간처럼 혹은 인간보다 더 능숙하게 홀로 소설을 쓸 수 있는지의 여부는 AI가 인간의 정신과 같은 주체성을 획득할 수 있는가에 관한 질문으로 되돌아온다.

인간 주체의 형성과 관련하여, 안토니오 다마지오는 그 출발점에 '느낌'이 놓여 있다고 주장한다. 좀 더 편안하고 좋은 느낌의 상태를 향해 스스로를 상향 조절해나가는 유기체의 항상성이 박테리아에서 고등생물까지 모두 발견되는 생명의 근본적인 메커니즘이라는 것이다.[3] 그의 말을 조금 바꿔 말해본다

---

3  안토니오 다마지오, 임지원 · 고현석 옮김, 『느낌의 진화』, 아르테, 2019, p.40.

면, 우리에겐 특별한 실체가 있는 것이 아니라 세포 단위에서 종합된 느낌의 경향성이 있을 뿐이고 인간은 그 물질적 상호작용들이 펼쳐지는 우연한 무대에 불과할 것이다. 조금 더 과장한다면 우리는 별다른 영혼 없이 몸의 느낌과 항상성의 명령을 따르는 생명-기계에 불과하고, 그러한 알고리즘으로 유사 패턴화된 인공 존재는 충분히 인간 주체와 비슷한 역할을 수행하게 될지도 모른다.

하지만 이 유물론적 설명을 받아들인다 하더라도, 편안한 느낌을 추구하라는 종의 명령이 아닌 때로 자기를 파괴할 것만 같은 불안하고 복잡한 감정에 시선을 돌리게 되는 인간의 소설적 호기심은 어떻게 설명해야 할까. "와인 잔에 담긴 액체가 몸을 썩게 하는 독인 줄 알면서도 결과가 궁금해서 한 모금 혀를 적셔보는"(30쪽) 그런 어두운 호기심 말이다. "인간은 호기심이 있기에 소설을 읽는다"(30쪽)는 C의 표현대로라면, 그 어찌할 수 없는 끌림의 마음이 생겨날 때 AI는 소설을 쓰게 될 뿐 아니라 읽게도 될 것 같다. 앞서 인공지능의 법인격 논의 과정에서 언급된 아시모프의 3원칙 중 마지막 항목은 자기 자신을 지키라는 명령이었다. 이는 인간의 사유 재산인 인공물을 보호하기 위해 만들어진 규정이겠지만 어쩌면 이 원칙이 지켜지는 동시에 깨어질 때, 다시 말해 "자신에 대한 사랑"(128쪽) 때문에 자기를 기꺼이 파괴할 수 있을 때 비로소 그 존재들은 스스로 읽고 사고하는 주체가 되지 않을까.

　소설가 C는 '낮의 창에는 타인의 얼굴이 비치고 밤의 창에는 나의 얼굴이 비친다'는 문장을 오래도록 곱씹는다. 이는 회사의 리딩 룸에서 AI의 글을 읽고 퇴근 후 옥탑 방에선 자기 소설을 쓰며 살아가는 본인의 처지를 은유하는 문구겠지만, 자신과 가까운 타인을 바라봄으로써 스스로를 되비추는 의미의 구절로도 읽힌다. 이를 잠시 빌린다면 박금산의 이 소설은 우리에게 한없이 근사한 존재의 글쓰기를 통해, 소설을 그리고 그것을 읽고 쓰며 살아가는 인간을 다시 비춰보려는 시도라고 말할 수도 있을 것 같다.

# 작가의 말

소설 덕분에 생존하는 소설가인 나, 어느날 소설에 감사하고 세계에 기여하고 싶다는 생각이 깊어졌다.

시작할 때는 에스에프였는데 점점 현실이 되었다. AI 소재란 것이 그럴 것이다.

편집자님의 도움으로 제목을 'AI가 쓴 소설'로 정했다.

소설과 맺은 인연을 생각하며 해피엔딩을 그리려고 최선을 다했다.

이 소설의 해피엔딩은 비극을 그려야 예술이라는 고전 규율에 지배당한 채 해피엔딩 서사를 만나면 갖가지 이유를 만들어 경시한 시간에 대한 나름의 보복이며 처벌이다. 앞으로는 그러지 않을 것이다.

소설아 고맙다.

소설 쓰기의 능력이 모자라 울어본 사람이라서 나는 AI 작가
를 환영할 준비가 되어 있다. 그리고 나는 나의 소설을 읽는 AI
독자를 생각한다.

2021년 7월
박금산

# AI가 쓴 소설
ⓒ박금산

2021년 7월 15일 초판 1쇄 펴냄

**지은이** 박금산
**펴낸이** 김재범
**인쇄·제본** 굿에그커뮤니케이션
**종이** 한솔PNS
**펴낸곳** (주)아시아
**출판등록** 2006년 1월 27일
**등록번호** 제406-2006-000004호
**전화** 031-955-7958
**팩스** 031-955-7956
**이메일** bookasia@hanmail.net
**주소** 경기도 파주시 회동길 445
**홈페이지** www.bookasia.org

**ISBN** 979-11-5662-551-3 03810